雅歌译丛

狄金森诗选

安于不定之中
In Insecurity to Lie

〔美〕
艾米莉·狄金森
Emily Dickinson
著

王玮
译

山东文艺出版社

尼哥底母谜题①的解谜者

（译序）

> 我是无名之辈！你是谁？
>
> 你——也是——无名之辈？
>
> 那么有了我们一对！
>
> 别出声！他们会宣扬——你知道！
>
> 多么无聊——成为——大人物！
>
> 多么招摇——像只青蛙——
>
> 把某人的名字——在漫长的六月——
>
> 对着一片艳羡的沼泽聒噪！

这是我读到的艾米莉·狄金森（Emily Dickinson, 1830—1886）的第一首诗，时间是 2011 年 6 月 9 日。它以其奇特的高蹈抓住了我。这世上还有谁如此骄傲、自信、目空一切，却又平易近人？明明可以万众瞩目、光彩耀眼，却偏偏收敛锋芒、自甘隐遁。狄金森虽然选择隐遁，却也并非全然绝尘而去、不理世情，她冷眼看世界的温情，默默守

---

① 尼哥底母，《新约·约翰福音》第三章中的法利赛人，他向耶稣求问人如何重生等一系列问题。

护着一些可爱之人。在我看来,这是属于狄金森的放达。

一年之后,我终于如愿以偿,考上浙江大学,开始攻读博士学位。那一段日子于我是艰难的,离家万里,需要战胜对爱人和女儿的思念之情;面对更多优秀的同门,需要克服内心的自卑之感;当然,还要承受压力之下对于未来的迷惘……就在这种境况下,宿命似的,狄金森再次出现在我压抑、晦暗、孤独的生活中。阅读、翻译她的一首首小诗让我变得专注、投入和自信,初时仅为百无聊赖的课余自娱,后来竟很快发展为心无旁骛的蓬勃野心:我想把它们全部翻译出来,我想把它们全都摆渡到中文的世界。

彼时我国已经出版了多种狄金森诗选。以选本中收录的译诗数量计,最多的当属蒲隆先生的译本(600 首),其次是木宇的(575 首),然而这远不能令我满足。我以罕有的热情投入狄金森诗歌的翻译中,每一天它都是我生命中的喜乐。2014 年,我终于将狄金森的全部小诗译完,同时,蒲隆先生所译的《狄金森全集》也由上海译文出版社出版,我如获至宝。此前,在 2013 年,康燕彬所译的《不是玫瑰,如花盛开:狄金森诗选》(包含 900 首小诗)由漓江出版社出版,也成为我的案头书。当然,江枫先生的译本也是我在一开始搜罗狄金森诗选时就参考的。它们都陪伴我度过了那一段如痴如醉的时光,给了我诸多启发。五年来,我是许许多多狄金森翻译者和研究者辛苦工作的受益者,那么,此刻奉在您面前的这本小书还有什么存在的意义和价值?

我想,这本诗选存在的意义,不仅在于尽力还原或逼近我所感受到的狄金森——这是我翻译狄金森诗歌的初衷,并且是促使我坚持把它们全部译出来的信念;更在于揭示空间在狄金森诗歌创作中的重要性。时间与空间乃人类生存和感知世界的两个重要维度,然而就如时间与空间在人类研究史上所遭遇的命运一样,在狄金森研究中时间性也首先为她的编者和研究者们所关注。因为狄金森在生前拒绝(也许因难以以自己满意的方式发表)以一种更为信实的、权威的姿态发表自己的作品(仅匿名发表了10首小诗和1封信,且大多属朋友"横刀夺爱",并未征得她的同意),早期的编者们主要以"生命(Life)""爱情(Love)""自然(Nature)""时间与永恒(Time and Eternity)"[①] 等主题对她的诗歌进行编排,而她有关空间思考的诗歌则惨遭淹没。此外,因为狄金森遗留的所有诗歌手稿都不拟标题,不标明创作时间,不谈及诗歌的创作背景,所以一直到20世纪90年代,狄金森诗歌全集的编者们都在为重建她诗歌的时间序列而努力。所以,很遗憾,迄今我尚未见到一部专门以空间为主题的狄金森诗选。而这本小书,正如其题目《安于不定之中》所揭示的,与生存空间相关,希望能够弥补这个空白。

---

① 希金森(T. W. Higginson,1823—1911)最早在编辑狄金森的诗歌时提出此种分类方法。

尽管狄金森的空间诗作为一个类别,并未引起大家的足够重视,然而空间的意义在狄金森的生命中却极为重要。任何对这位女诗人生平稍有了解的人都知道,她一生除几次短暂的离家求学、旅行、治病之外,大多时间都居住于父亲的房屋之中,甚至在最后长达 20 年的时间里竟然过着足不出户的生活。我们读狄金森的诗歌总会惊叹于她生活空间的狭小与想象空间的恢宏。诗人的传记作家阿尔弗雷德·哈贝格(Alfred Habegger)将她与美国 19 世纪的另一位伟大诗人沃尔特·惠特曼(Walt Whitman,1819—1892)做了对比,认为惠特曼所代表的趣味刚好是狄金森所反感的。惠特曼希望"把锁头从房门上卸下来",甚至"干脆把门从墙壁上卸下来",而"狄金森的世界则离不开有形和无形的门、墙壁以及各种栅栏以保护她的隐私"。[①] 狄金森的确是一位生活在"房子"里的诗人,无论这个"房子"是指父亲的房屋、她的诗歌之屋,还是自然之屋、厄运之屋、记忆之屋……她的房屋虽小却包罗万象,充满了各种可能性。她好似徘徊在这些房子里,被这些形形色色的房子迷住了。对于她而言,居家与旅行、安稳与动荡是合一的。或者说,她在弗吉尼亚·伍尔芙(Virginia Woolf,1882—1941)之前就已深刻认识到拥有"自己的一间屋"对创作的重要性,甚至提前实现了伍尔芙所做的那个激动

---

① [美]阿尔弗雷德·哈贝格:《我的战争都埋在书里:艾米莉·狄金森传》,王柏华等译,北京大学出版社 2013 年版,中文版序第 9 页。

人心的预言①,她让伍尔芙所说的"莎士比亚的妹妹"那位伟大的女诗人提前一百年降临到了这个世界上。她从不教条,从不伪善,她永远是一个自由的思想者。诚如哈罗德·布鲁姆(Harold Bloom)所言:"艾米莉·狄金森是但丁以来西方诗人中,除了莎士比亚,显示了最多认知原创性的作家。"② 总之,这是一位以空间而获致永恒的伟大诗人,成为了《圣经》中尼哥底母谜题的又一位解谜者。那么,她具体是如何做到的?又能给我们怎样的启发?我想这一切依旧需要我们从源头出发,从阅读她的空间诗,从以空间的视角去解读她的诗歌来寻找答案。

亲爱的读者,就让我们拉起风帆,从这本诗选出发吧,一起去探寻狄金森的秘密,领受狄金森的空间世界!

王玮

2017 年 7 月于塔克拉玛干沙漠边缘

---

① "如果我们再活上一个世纪左右……并且我们当中每个人每年都有 500 英镑的收入,有我们自己的房间;如果我们有自由的习惯和精确地写出我们的想法的勇气;如果我们稍微从普通的会客室里逃脱出来并且不总是以人与人之间的关系来观察人,而是以人与现实之间的关系来观察人,还要观察天空、树木以及任何可能的东西本身;如果我们超越弥尔顿的幽灵来进行观看,因为哪一个人也不应该把视野给遮蔽起来;如果我们面对这个事实——因为它是一个事实,即没有什么可以墨守的权威,而是我们得独自行走,我们的关系是与这个现实世界的关系,而不仅仅是男人与女人的世界的关系——如果是这样的话,那么那个机会就会到来,而且莎士比亚的妹妹这位死去的诗人,也就会活在她经常放弃的那个躯体上。"[英] 弗吉尼亚·伍尔芙:《伍尔芙随笔全集》,乔继堂等主编,石云龙等译,中国社会科学出版社 2001 年版,第 594 页。

② [美] 哈罗德·布鲁姆:《西方正典:伟大作家和不朽作品》,江宁康译,译林出版社 2011 年版,第 236~239 页。

目 录

辑一 车轮在暗中

003　在这神奇的海上……
004　我的车轮在暗中……
005　有一个清晨人所未见……
007　再一次,我迷惑的鸽子……
008　不管我的小船是否曾经下海……
009　天父在上……
010　某条彩虹——来自集市……
012　我们的生命如瑞士……
013　心,不如我一般沉重……
014　一些东西飞走了……
015　新的双脚漫步于我的花园……
016　我有一位王,从不发一言……
018　雏菊温柔地追随太阳……
019　那是一只小小的——小小的船……
020　我有一些东西我称之为我的……
021　能够高声战斗,的确很勇敢……
022　"房屋"——智者对我如是说……
023　用一只杯子给我把落日盛来……
025　水,由干渴教授……

026	在你小小的心里是否有一条小溪……
027	有的,太脆弱难堪寒风摧折……
028	死!死在夜间……
029	丁点面包——残皮——碎屑……
030	我的河流奔向你……
031	受伤的鹿——跳得最高……
032	乌木匣中,当流年飞逝……
034	我是小小的"心安"……
035	我小心地,审视我小小的生命……
037	如果我能用一朵玫瑰把他们收买……
039	我失去了一个世界——在某天……
040	这沮丧的双脚蹒跚过多少次……
041	一阵可怕的暴风雨捣碎了天空……
042	两个游泳者在圆木上搏斗……
043	花儿一定不会责怪蜜蜂……
044	慢慢来——伊甸园……
045	如果蓝铃花对她的情人蜜蜂……
046	我品尝前所未有的佳酿……
047	安居雪花石膏的房室……
048	牛蒡——牵扯我的长裙……
049	"天堂"——乃我难以企及……
050	为什么——他们拒我于天堂之外……
051	我能蹚过悲伤……
052	他用皮带扎住我的生命……
053	如果我说不再等待……

054　我感到一场葬礼,在我头脑之中……

辑二　居于可能性之中

059　水滴,在海中挣扎……
060　我是无名之辈!你是谁……
061　灵魂选择自己的社会……
062　就这样——耶稣——频叩……
063　俨如乞求寻常施舍……
064　有人习惯在安息日上教堂……
065　在我眼睛枯灭之前……
067　有两种成熟——一种——可见……
068　那是条古老的——路……
070　我以我的双手感受我的生命……
071　也许我要的太大……
072　我去过天堂……
073　风景的一角……
075　我看不到路——天堂已缝合……
076　酷刑不能折磨我……
077　它来了——这永不延迟的造物……
078　第一天的黑夜降临……
080　在下界——我从未感到自在……
081　我还活着——我猜……
083　厄运是座房子没有门……
084　我在家中最微不足道……

086　我不会画——一幅画……

088　灵魂有时缠上绷带……

090　我的——凭着白色的选择权……

091　我祈祷的时刻来临……

093　身体长在外面……

094　我已忍饥挨饿,许多年……

096　有一种痛苦——如此彻底……

097　我已——离家——多年……

099　他们把我关在散文里……

100　头脑——比天空更广阔……

101　他的火捅进我小小的炉床……

102　尺寸所限——没有空间……

103　我从我自己——驱逐……

104　牢狱开始成为朋友……

106　它的——名字——"秋天"……

107　我居于可能性之中……

108　若我可以自在飞翔……

110　再一次——他的声音在门口响起……

112　没有售卖的传奇……

113　人无须一间房屋——让鬼魂出没……

115　有一位贵宾的灵魂……

辑三　从空白到空白

119　你见过气球群落……

121	南风——哀婉凄切……
122	它颠簸着——颠簸着……
123	哪里有你——哪里——就是家……
124	她应他的要求而起……
125	精神是意识之耳……
126	一天——你说我"伟大"……
128	多少次我以为宁静降临……
129	戏剧最具生命力的表现……
130	四棵树——在一片荒野……
131	切莫转向社交……
132	我的价值乃我全部的怀疑……
133	我的生命——一把上了膛的枪……
135	从空白到空白……
136	它的整体从未立刻呈现……
137	我的信念大于群山……
138	自我如柱……
139	忧伤是只老鼠……
141	识见大者,与小者相较……
142	远离家园,他们和我……
143	风开始把草儿摇晃……
145	藏起来真好,任他们找……
146	这道鸿沟,亲爱的,在我的生命之上……
148	逃向后却察觉……
149	我从一块板走向另一块板……
150	在我的国度——和他国之间……

151	已是日出——小妞——难道你……	
152	我使他的月亮盈缺……	
153	心有窄窄的岸……	
154	正午——白昼的合页……	
155	我感到在我脑海中有一条缝……	
156	那珍爱的身躯岁月已经磨损……	
157	灵柩——一方小小的领地……	
158	街上一扇门豁然敞开……	
159	我曾感到某种失落……	
160	灵魂与不朽……	
161	高山静坐平原……	
162	绝境的妙处在于……	
163	如雪橇在夏日响铃……	
164	最好的居于视野之外……	
165	背着我的小行囊攀爬生之山……	
166	哪个最好？天堂……	

辑四 天堂是种选择

169	如此远大我的志愿……	
170	唯恐这里真成了天堂……	
171	我从未见过荒野……	
172	那是一条寂静的小路……	
174	空气没有住所，没有邻居……	
175	天堂是种选择……	

176	实验对于我……
177	这些是去往自然客栈的路标……
178	房屋内的忙碌喧嚣……
179	退却时我们方才得知……
180	三点半,有只小鸟……
181	我害怕拥有肉身……
182	水井对小溪……
183	这些陌生人,在异乡……
184	风的臂膀轻捷……
185	一颗钻石在手……
186	我适应它们——我寻找黑暗……
187	天堂是那座老宅……
188	一个巨大的希望落空……
190	要说出全部真理但要歪着说……
191	死亡的寒霜凝结在窗格……
193	立柱支撑房屋……
194	当埃特纳晒着暖阳打着呼噜……
195	我们拥有的生命非常伟大……
196	独自身陷一种境遇……
198	唯恐他们来……
199	乌云背脊齐压……
200	我们从不知道我们有多高……
201	当我希冀——我恐惧……
202	记忆有前有后……
203	大海对小溪说"来啊"……

204	就餐者必须带着他心中的盛宴……
205	如长毛绒跑道上的一辆辆赛车……
206	这是自在的时刻……
207	我的心向你驰去……
208	像一把把铁扫帚……
209	我看不到我的灵魂,却知道它在那儿……
210	没有一艘护卫舰能像一本书……
211	当你清理那神圣的壁龛……
212	迟钝的欢愉如池塘……
213	名为春天的讯息……
214	冬日绝好——他的灰白喜悦……
215	旅行时消息会有何感受……
216	这监狱多么温柔……

辑五　穿越记忆古老的大地

219	别让我玷污那完美的梦……
220	什么样的三叶草公寓……
221	蜜蜂驾着他锃亮的马车……
222	对于整体——怎么增添……
223	你无法带走它……
224	我祈求消息——也害怕——消息……
225	我想那时刻会来……
226	"秘密"是个寻常字眼……
227	听起来好像街道在跑……

228	何等奥秘充斥深井……
230	一地残梗，焦枯……
231	赧颜是粉红围巾……
232	春日的洪水……
233	切勿太近玫瑰花屋……
234	他的心灵如东方织物……
235	希望营建他的房屋……
236	我们走的时候从不知道我们要走……
237	从所有的囚笼男孩女孩……
238	捆缚太紧的生命逃逸……
239	无论圣者居住何方……
240	谁没有发现天堂——在下界……
241	那时——那些垂死之人……
242	我试图把死亡想成这样……
243	心扉无数……
244	囚禁在天堂……
245	我们向上帝乞求恩惠……
246	在别样微尘……
247	离开我们所知的世界……
248	触及你是否太迟，亲爱的……
249	沟渠亲切对于醉汉……
250	前行是生命的状态……
251	伊甸园是那座老屋……
252	我没有抵达你身边……
254	我的火山青草繁茂……

255	有一种空间的孤寂……
256	他们屋宇的深处……
257	火山在西西里……
258	一个深渊——唯苍天在上……
260	被时间完美的长毛绒软化……
261	最为重要的人们……
262	波涛追逐着他,当他逃离……
263	穿越记忆古老的大地……
264	造一个草原需要一株三叶草和一只蜜蜂……
265	抵达至福之境……
266	大地有很多曲调……

 辑一　车轮在暗中

在这神奇的海上……

在这神奇的海上

寂静地航行,

哦!领航员,哦!

你知道哪里是岸

没有海浪的呼啸——

风暴已经停息?

在宁静的西方

许多风帆在休憩——

锚已固定——

我领你驶向那边——

陆地哦!永恒!

终于上岸!

J4(1853)/F3(1853)①

---

① 为方便读者查阅,本书标明了每首诗分别在约翰逊版("J")和富兰克林版("F")狄金森诗全集中的编号,括号中的数字则表示两位编者所推测的该诗的创作时间。

我的车轮在暗中……

我的车轮在暗中!
我看不到任何辐条
却知道它湿漉漉的脚
在一圈一圈地前进。

我的脚在前驱!
一条荒僻的小径——
却拥有所有的路
终点的空地——

一些人已放弃了织机——
一些人在忙碌的坟墓
寻求古怪的工作——

一些人伴着新的——庄重的脚步——
高贵地穿过门庭——
把那个问题重新抛到
你我面前!

J10（1858）/F61（1859）

有一个清晨人所未见……

有一个清晨人所未见——
少女在遥远的草地上
欢庆美丽纯洁的五月——
从早到晚,舞蹈玩乐,
还有我不知名的嬉戏——
填满她们的节日。

来这里掌握要领,移动脚步
不再行走于乡间的小路——
也不被树林发现——
这里的群鸟曾追逐太阳
当去年的女红闲置
夏日的眉头紧锁。

从未见如此奇妙的景象——
从未在如此的绿茵上听到如此的铃声——
也未曾有如此宁静的一群——
就如夏夜的群星
摇动杯中的橄榄石——

狂欢到天明——

像你一样舞蹈——像你一样歌唱——
人们身处神秘的草原——
我要,每一个崭新的五月清晨。
我等待你遥远的、奇妙的铃声——
宣告我在别样的幽谷——
拥有不同的黎明!

J24(1858)/F13(1858)

再一次,我迷惑的鸽子……

再一次,我迷惑的鸽子
鼓动她茫然的双翼
再一次她的主人,在深处
将她困扰的问题抛掷——

三次向着漂浮的窗扉
族长的鸟儿飞回,
鼓起勇气!我英勇的哥伦比亚!
兴许还有**陆地**!

J48(1858)/F65(1859)

不管我的小船是否曾经下海……

不管我的小船是否曾经下海——
不管她是否曾遇到大风——
不管她是否曾张开温顺的帆抵达
所痴迷的小岛——

通过多么神秘的系泊
她被保存到了现在——
这是眼睛的使命
注视着港湾。

J52（1858）/F33（1858）

天父在上……

天父在上!
请留意一只老鼠
被猫欺压!
请在你的王国为老鼠
保留一座"府邸"!

舒适地躲在六翼天使的橱柜
整天啮啃个不停
乘坐无戒心的车辕
庄严向前!

J61（1859）/F151（1860）

某条彩虹——来自集市……

某条彩虹——来自集市!
某种克什米尔世界的景象——
我安闲地凝视!
否则一只孔雀紫色的裙裾
根根毛羽——在平原上
浪费它的华美!

梦幻般的蝴蝶在忙碌!
慵懒的池塘重启去年
中断的呼呼曲调!
来自太阳上某座古老的城堡
男爵的群蜂——行进——一只只——
以嗡嗡的一团!

今日的知更鸟云集
宛如昨日的雪花翩飞——
于篱笆——屋顶——和细枝!
兰花缠绕着她的羽饰
为她的老情人——太阳先生!

重游沼泽!

没有指挥官!数不胜数!静谧!
树林和山峰的军团
欢快超然地耸立!
瞧!这些是谁的子民?
孩子们和他们缠头巾的海洋——
或什么切尔克斯的领地?

J64（1859）/F162（1860）

我们的生命如瑞士……

我们的生命如瑞士——
如此宁静——如此冷漠——
直到某个奇怪的下午
阿尔卑斯忘了拉上窗帘
我们得以看得更远!

意大利站在另一边!
像是中间的一个警卫——
神圣的阿尔卑斯——
迷人的阿尔卑斯
永在阻隔!

J80(1859)/F129(1859)

心，不如我一般沉重……

心，不如我一般沉重
游荡很晚才归家——
当它经过我窗前
嘘嘴吹着小曲——
漫不经心地吹着——一曲民谣——一支街头的小调——
然而对我恼怒的耳朵
多么甜蜜的安慰剂——
就如一只食米鸟
悠闲地漫步
唱唱，停停，唱唱——
然后如泡泡缓缓飞散！
就如一条潺潺的小溪
途经一片尘土路——
踮起滴血的双脚舞蹈
而不知道是为何！
明天，夜幕会再次降临——
也许，疲惫而又痛苦——
啊号角！祈祷你再次
经过我窗前。

J83（1859）/F88（1859）

一些东西飞走了……

一些东西飞走了——
群鸟——时光——大黄蜂——
关于这些没有悲歌。

一些东西留下了——
哀伤——山峦——永恒——
这也均与我无关。

那些憩息的,升腾。
我能够解释天空吗?
这道谜多么寂静地躺卧!

J89(1859)/F68(1859)

新的双脚漫步于我的花园……

新的双脚漫步于我的花园——
新的手指搅扰那草皮——
一个行吟诗人在榆树上
背叛了孤独。

新的孩童嬉戏在草坪——
新的疲惫睡在地下——
忧伤的春天依然回返——
还有准时的白雪！

J99（1859）/F79（1859）

我有一位王,从不发一言……

我有一位王,从不发一言——
如此——奇怪——通过几小时的温顺
我跋涉过一天——
半是高兴当夜幕降临,睡去,
若,偶尔,通过一个梦,窥视
被白昼关闭的客厅。

若我如此——当晨曦降临——
就如一百只鼓
绕着我的枕头翻滚,
呐喊充满我孩子气的天空,
钟声持续说着"胜利"
从我灵魂的尖塔!

如若不然——那小鸟
在果园,不再听见,
并且我今天省略掉祈祷
"父亲,愿按你的旨意奉行"
因为我的意志另行别路,

而那是假誓!

J103（1859）/F157（1860）

雏菊温柔地追随太阳……

雏菊温柔地追随太阳——
当他走完金色的旅程——
羞涩地坐在他的脚边——
他——醒来——发现这花在身旁——
为何——劫掠者——你在这儿?
因为,先生,爱是甜蜜的!

我们是花儿——你是太阳!
原谅我们,当白昼消退——
我们偷偷地靠近你!
倾心于离别的西天——
宁静——飞逸——紫水晶——
夜晚的可能性!

J106(1859)/F161(1860)

那是一只小小的——小小的船……

那是一只小小的——小小的船
蹒跚着离开了港湾!
那是一片壮丽的——壮丽的海
召唤着它远航!

那是一波贪婪的,贪婪的浪
噬卷着它离开海岸
未曾猜到这庄严的航行
我小小的船**失去了踪影!**

J107（1859）/F152（1860）

我有一些东西我称之为我的……

我有一些东西我称之为我的——
而上帝,他宣称他的,
直到,近来一种敌意的要求
扰乱了这种友好。

那财富,我的花园,
已经精心耕种,
他索要这美丽的土地,
派一名法警到那里。

当事双方的身份
禁止公之于众,
但公正更伟大
比武器,或血统。

我要开创一种"行动"——
我要维护律法——
朱庇特!挑选你的辩护人——
我保留"灌木林"!

J116(1859)/F101(1859)

能够高声战斗,的确很勇敢……

能够高声战斗,的确很勇敢——
但更英勇的,我知道
是内心的冲锋陷阵
那悲伤的骑兵——

赢,国民没有看见——
输,没有人注意到——
他行将闭合的双目,没有国家
认为充满爱国的热情——

我们相信,在装扮的过程中
为此,天使们——
正一队接一队,迈着齐整的脚步——
身着雪白的制服。

J126(1859)/F138(1860)

"房屋"——智者对我如是说……

"房屋"——智者对我如是说——
"宅第"！宅第一定温暖！
宅第不能让泪水侵入，
宅第一定能阻隔风暴！

"许多宅第"，由"他父亲"，
我不认识他；舒适地建造！
孩童是否能找到去那里的路——
有的，甚至今夜还在跋涉！

J127（1859）/F139（1860）

用一只杯子给我把落日盛来……

用一只杯子给我把落日盛来——
估算一下清晨的大酒壶
并说说到底有多少露珠——
告诉我晨光跳了多远——
告诉我织工何时入睡
竟纺出了一望无际的蔚蓝!

写信告诉我在受惊的枝丫间
新来的知更鸟痴迷地
唱出多少音节——
乌龟远足了多少回——
蜜蜂享用了多少杯,
这花露的酒徒!

以及,是谁搭起彩虹桥,
以及,是谁以柔软的蓝藤条
把驯顺的星球引导?
是谁的手指在弹拨钟乳石——
是谁在数算夜空的贝壳念珠

以明白个个都不该得?

是谁建了这阿尔班①小屋
又把窗子关得如此之紧
令我的精神无法窥探?
谁要在某个欢乐的节日
让我长出翅膀飞离,
穿越浮华?

J128（1859）/F140（1860）

---

① 阿尔班（Alban,？—约304），不列颠第一个殉教者,据历史记载,他在罗马军队服役,为庇护逃亡的基督教教士而遇害。

水,由干渴教授……

水,由干渴教授。
陆地——由漫过的海洋。
狂喜——源自剧痛——
宁静——由挣扎吐露——
爱,由想念铸造——
飞鸟,则由白雪。

J135(1859)/F93(1859)

在你小小的心里是否有一条小溪……

在你小小的心里是否有一条小溪,
那里有羞涩的花儿摇曳,
脸红的鸟儿飞来啜饮,
影姿微颤——

它如此悄然地流淌,以致无人知晓,
那里有条小溪,
然而你那小小的生命之流
日日在那里沉醉——

为何,在三月要留心这条小溪,
那时河水泛滥,
雪水因满盈而倾泻直下,
桥梁也经常随之而去——

随后,到了**八月**时节——
当草原敞开焦裂的胸膛,
当心,以防这条生命的小溪,
在某个炙热的中午干涸!

J136(1859)/F94(1859)

有的，太脆弱难堪寒风摧折……

有的，太脆弱难堪寒风摧折
体贴的坟墓拥入——
温柔地将其藏起，以防严霜
把他们双脚冻伤——

在她巢中的宝物
谨慎的坟墓从未暴露，
那建筑学童不敢窥视，
冒险家也没这么大胆。

这隐蔽处有所有早夭的孩童
他们，常常寒冷，
麻雀，不被父亲注意——
时间没有为羊羔准备围栏。

J141（1859）/F91（1859）

死！死在夜间……

死！死在夜间！
难道不会有人带来光亮
让我看清哪条路
通往永恒的白雪？

而"耶稣"！**耶稣**在哪里？
人们说耶稣——常来——
也许他不知道这房子——
这边，耶稣，让他通过！

有人奔向大门
看看是否多莉来到！等等！
我听到她上楼梯的声音！
死亡不会伤害——如今多莉在此！

J158（1860）/F222（1861）

丁点面包——残皮——碎屑……

丁点面包——残皮——碎屑——
些许信任——一坛老酒——
就能让心灵存活——
不是肥壮,记住!而是呼吸——温暖——
清醒——如老拿破仑,
在加冕前夜!

谦恭命运——娇小名声——
痛苦和甜蜜短暂交织
就满盈!就足够!
水手的职责是**岸**!
士兵的——**子弹**!谁若寻求更多,
就得索取邻人性命!

J159(1860)/F135(1860)

我的河流奔向你……

我的河流奔向你——
蔚蓝的海！欢迎我吗？
我的河儿等着回音——
哦大海——看起来和蔼可亲——
我会从污秽的角角落落
为你带来条条小溪——
说啊——大海——接纳我！

J162（1860）/F219（1861）

受伤的鹿——跳得最高……

受伤的鹿——跳得最高——
我曾听猎人说起——
那只不过是**死亡**的迷狂——
然后戛然而止!

敲击的岩石飞迸!
践踏的钢铁弹回!
脸颊总是更红
就在狂热所叮的地方!

欢笑是痛苦的盔甲——
在里面小心武装,
以防有人窥伺到鲜血
并且高喊"你受伤了"!

J165（1860）/F181（1860）

乌木匣中,当流年飞逝……

乌木匣中,当流年飞逝
虔诚的凝视——
拭去天鹅绒的灰尘
多少夏日撒落在那里!

举信向光——
变得黄褐——如今——伴随时间——
默念消退的字句
我们曾激动如酒!

也许花儿皱缩的脸颊
在其贮存中能够找到——
某个早晨,从遥远处采来——
由英勇——衰朽的手!

一缕卷发,也许,自前额
我们总是遗忘——
也许,一枚古老的饰物——
镶嵌逝去的时尚!

于是悄悄把它们放回——
任其自生自灭——
仿佛这小小的乌木匣子
与我们无关!

J169（1860）/F180（1860）

我是小小的"心安"……

我是小小的"心安"!
我不关心努嘴的天空!
如果蝴蝶迟来
我能否,因此,躲开?
如果胆小的黄蜂
缩在他烟囱的角落,
我,必须更为英勇!
谁来为我致歉?

亲爱的——老式的,小花!
伊甸园,也是老式的!
鸟儿是远古的旧友!
天空不改她的澄碧。
我也不会,这小小的心安——
被引诱!

J176 (1860) /F167 (1860)

我小心地,审视我小小的生命……

我小心地,审视我小小的生命——
扬净那些会逝去的
剩下的则会永存
直到如我一般的人长梦不起。

我把后者放入谷仓——
前者,吹走。
一个冬日的早晨我前去探望
瞧啊——我无价的干草

不在"支架"上——
不在"横梁"上——
从一个富裕的农夫——
我变成,愤世之徒。

不管是小偷所为——
还是调皮的风——
抑或神祇的错——
我的职责是,去寻找!

于是我开始搜索!
心们如何,还有你?
你是否还在那小小的谷仓
爱为你所提供?

J178(1860)/F175(1860)

如果我能用一朵玫瑰把他们收买……

如果我能用一朵玫瑰把他们收买
我愿给他们带去从阿默斯特
到克什米尔所生长的每一朵花!
我将昼夜不停,风雨无阻——
无论寒霜,还是死亡,什么都无法阻止——
我的事业如此高贵!

如果他们会为一只小鸟流连
我的长鼓会立时响彻
四月的丛林!
在整个夏季,永不疲倦,
当冬季把树枝摇撼
只会唱得更加嘹亮奔放!

若他们听到会怎样!
谁能说
这样一种苦苦哀求
最终不会起点作用?
他们,厌倦了乞者的嘴脸——

最终会不会说,够了——
把她赶出大厅?

J179(1860)/F176(1860)

我失去了一个世界——在某天……

我失去了一个世界——在某天!
是否有人发现?
你会认出它
它额前缀着一排星辰。

一个富人——可能不会在意——
然而——对我节俭的眼,
贵重胜过金币——
哦找到它——先生——为我!

J181(1860)/F209(1861)

这沮丧的双脚蹒跚过多少次……

这沮丧的双脚蹒跚过多少次——
只有被焊接的嘴能够说出——
试试——你能否松动这糟糕的铆钉——
试试——你能否撬起这不锈钢的搭扣!

抚摸这冰凉的前额——曾经多么滚烫——
撩起——如果你乐意——无精打采的头发——
掰开这金刚石般坚硬的手指
再没有一个顶针——或更多——可以戴——

无聊的苍蝇嗡嗡叫着——在房间的窗户上——
勇敢的——阳光透过斑驳的窗格——
无畏的——蜘蛛网摇荡自天花板——
慵懒的主妇——在雏菊中——躺卧!

J187（1860）/F238（1861）

一阵可怕的暴风雨捣碎了天空……

一阵可怕的暴风雨捣碎了天空——
云彩瘦削,稀少——
一件黑色的——幽灵的披风
遮蔽了天地。

造物在屋顶上狞笑——
在空气中呼啸——
挥舞着拳头——
咬牙切齿——
摇摆着它们狂乱的长发。

晨光照耀——鸟儿醒来——
怪兽黯淡的双眼
缓缓转向他居住的海岸——
宁静——就是天堂!

J198(1860)/F224(1861)

两个游泳者在圆木上搏斗……

两个游泳者在圆木上搏斗——
直到朝阳光芒四射——
当一个——转脸微笑着朝向陆地——
哦上帝！那另一个！

迷途的船只——路过——
发现一张脸——
在水面上沉浮——
垂死的眼睛——仍然乞求着拯救——
而那双手——恳求似的——垂落！

J201（1860）/F227（1861）

花儿一定不会责怪蜜蜂……

花儿一定不会责怪蜜蜂——
为寻求他的幸福
频繁来到她的门前——
只是教会来自韦韦①的仆从——
再来客——就说——
女主人"不在家"——

J206（1860）/F235（1861）

---

① 韦韦（原文 Vevay，正确拼写为 Vevey），位于瑞士日内瓦湖畔的一个小镇，在狄金森心目中与"宁静"和"冷漠"相关联。

慢慢来——伊甸园……

慢慢来——伊甸园!
嘴唇对你尚不习惯——
腼腆地——吮吸你的茉莉——
就如眩晕的蜜蜂——

迟迟来到他的花前,
绕着她的花房哼哼——
数点他的花蜜——
进入——迷失在香脂中。

J211（1860）/F205（1861）

如果蓝铃花对她的情人蜜蜂……

如果蓝铃花对她的情人蜜蜂
宽衣解带
蜜蜂是否还会一如既往
对她**虔敬膜拜**?

如果"天堂"——被说服——
放弃她珍珠的天堑——
是否伊甸园还是伊甸,
又或者伯爵——还是**伯爵**?

J213(1860)/F134(1860)

我品尝前所未有的佳酿……

我品尝前所未有的佳酿——
从珍珠镂成的大酒杯——
并非莱茵河畔所有的酒桶
都能流出这样的琼浆!

我——陶醉于空气
沉溺于甘露——
在漫长的夏日——常从熔蓝的酒肆——
蹒跚而归——

当"店主人"将酩酊的蜜蜂
驱赶出洋地黄的门庭——
当蝴蝶——放弃自己的"啜饮"
我却唯有狂饮更多!

直到天使们摇着雪白的小帽——
圣徒们——奔向窗口——
争相观看这小小的酒徒
斜倚着——太阳——

J214 (1860) /F207 (1861)

安居雪花石膏的房室……

安居雪花石膏的房室——
不被清晨沾染
不被正午触碰——
温顺的复活者们安眠——
锦缎的房椽——石头的屋顶!

它们之上——岁月浩荡——于新月中——
大千世界掬起它们的圆弧——
层层苍穹——罗列——
王冠——坠落——总督——投降——
寂然无声如小点——落入雪花圆盘——

J216（1861）/F124（1861）

牛蒡——牵扯我的长裙……

牛蒡——牵扯我的长裙——
并非**牛蒡**——过错——
而是因**我**——
太过靠近
牛蒡**窝巢**——

沼泽——**玷污**我的双鞋——
沼泽们——还有**何事**可干——
它们唯一的**能耐**——
溅人脏水！
啊，**那么**——**怜悯**！
小鱼轻鄙唾弃！
而**大象**——平静的眼睛
注视**远方**！

J229（1861）/F289（1862）

"天堂"——乃我难以企及……

"天堂"——乃我难以企及!
树上的苹果——
只要还无望地——悬挂——
那——就是"天堂"——对我!

色彩,在游云上——
那块禁地——
在山后——后面的房屋——
那里——乐园——发现!

她撩人的紫色——每天下午——
那轻信的——受骗——
迷恋上——这位昨日——
弃绝我们的——魔法师!

J239（1861）/F310（1862）

为什么——他们拒我于天堂之外……

为什么——他们拒我于天堂之外?
难道我唱得——太大声?
但——我也可以轻吟"小调"
羞怯如鸟儿!

难道天使们不再让我试试——
仅——再——一次——
仅——看——我是否会打扰——
但不要——关上门!

哦,若我——是那绅士
身着"白袍"——
而他们——是那小手——叩击——
难道——我能——禁止?

J248(1861)/F268(1861)

我能蹚过悲伤……

我能蹚过悲伤——

它全部的池沼——

对此我早已习惯——

但欢乐轻轻一推

就打乱了我的脚步——

我跌倒——沉醉——

不让任何卵石——见笑——

这是新的琼浆——

仅此而已!

力量仅是痛苦——

孤立无援,通过磨炼,

直到负荷——悬挂——

给巨人——以安慰——

他们会衰弱,如凡人——

给他们喜马拉雅山——

他们则会把他——扛起!

J252（1861）/F312（1862）

他用皮带扎住我的生命……

他用皮带扎住我的生命——
我听见搭扣啪啦声响——
他便转身离去,神态威严,
我的一生折叠——
从容,仿佛公爵收起
一张王国的地契——
从此,一个献身的族类——
云彩的一员——

却离得不远随时待命——
并从事小小的辛劳
把周遭巡视——
分配偶尔的微笑
给俯身注视我的众生——
亲切地邀其加入——
谁的邀约,你知否
为谁我必须谢绝?

J273(1861)/F330(1862)

如果我说不再等待……

如果我说不再等待！
如果我冲破肉体的门——
努力向你——逃去！

如果我将这肉体——锉去——
看何处伤我——那就足够——
步入自由！

他们再不能够——把我抓住！
地牢召唤——枪炮哀鸣
如今——对我——毫无意义——

如同欢笑——在——一个小时前——
或者蕾丝——或者巡游表演——
或者昨日——谁死去！

J277（1861）/F305（1862）

我感到一场葬礼,在我头脑之中……

我感到一场葬礼,在我头脑之中,
哀悼者们来来回回
不断践踏——践踏——直到好像
理智快要崩溃——

待他们全部坐定,
仪式,犹如一面鼓——
不断敲击——敲击——直到我觉得
思想行将麻痹——

随后我听到他们抬起一个箱子
还是那些铅靴,再次
倾轧我的灵魂,
然后空中——鸣起丧钟,

仿佛九重天都是一口钟,
生命,只有一只耳朵,
而我,和沉默,某种奇怪的族类
在此,孤单,落难——

然后理性的一块木板，断裂，

我不断坠落，坠落——

每一次跌撞，都撞到一个世界，

最后——失去知觉——

J280（1861）/F340（1862）

 辑二　居于可能性之中

水滴,在海中挣扎……

水滴,在海中挣扎——
忘记了她身之所处
如我——对你——

她知道自己只是一小缕供香——
然而**微小**——她叹息——如果**全部**——就是**全部**——
何来——更大?

海洋——笑——她的自负——
但**她**,忘了安菲特里忒——
辩护——"我"?

J284(1861)/F255(1861)

我是无名之辈!你是谁……

我是无名之辈!你是谁?
你——也是——无名之辈?
那么有了我们一对!
别出声!他们会宣扬——你知道!

多么无聊——成为——大人物!
多么招摇——像只青蛙——
把某人的名字——在漫长的六月——
对着一片艳羡的沼泽聒噪!

J288（1861）/F260（1861）

灵魂选择自己的社会……

灵魂选择自己的社会——
然后——关上门——
神圣的大多数——
对她不再呈现——

不为所动——她注意到战车——停在——
她低矮的门前——
不为所动——帝王屈膝跪在——
她的垫子上——

我了解她——从广阔的疆域——
选择了一个——
然后——关闭心扉——
像块石头——

J303（1862）/F409（1862）

就这样——耶稣——频叩……

就这样——耶稣——频叩——
他——并不疲倦——
最后——敲那门环——
起初——拉那门铃。
然后——踮起最神圣的脚——伫立——
也许他仅窥见那女士的灵魂——
当他——退却——
冰冷——抑或疲倦——
那将有充裕的时间——给我——
忍耐——在台阶上——直到那时——
心！我在轻叩——对你。

J317（1862）/F263（1861）

俨如乞求寻常施舍……

俨如乞求寻常施舍,
在我惊奇的手中
陌生人塞给一个王国,
而我,迷惑,站立——
俨如我乞求东方
能否给我一个清晨——
而它升起紫色的堤坝,
以黎明将我击碎!

J323(1858)/F14(1858)

有人习惯在安息日上教堂……

有人习惯在安息日上教堂——
我习惯,呆在家中——
有食米鸟做唱诗班歌手——
果园,做穹顶——

有人习惯在安息日着白色法衣——
我,只是插上翅膀——
不去把钟敲,为教堂,
我们的小司事——歌唱。

上帝布道,一位杰出的牧师——
这讲道从不长,
因此与其等到最后,上天堂——
我一直,前往。

J324(1860)/F236(1861)

在我眼睛枯灭之前……

在我眼睛枯灭之前——
我也喜欢去看
一如其他生灵,用眼——
不知别的途径——

但若有人告诉我,今天,
天空可以归我所有
我告诉你,我的心
会爆裂,因我的尺寸——

草原——我的——
群山——我的——
所有的森林——无数的星星——
多得如同,我可以接纳的正午——
在我有限的眼中——

俯冲群鸟的动作——
交叉小路的闪电——
任我——尽情观赏,

这消息会让我兴奋至死——

因此更为安全——只用我的灵魂

在窗玻璃上——猜测——

而其他的造物将它们的眼睛——

轻率地——望向太阳——

J327（1862）/F336（1862）

有两种成熟————一种——可见……

有两种成熟————一种——可见——
它球状的力量缠绕
直到柔软的果实
芳香坠地——
一种更为朴实——
行进在刺果内——
唯有严霜的利齿才可揭示
在十月深秋的空气。

J332（1862）/F420（1862）

那是条古老的——路……

那是条古老的——路——穿过痛苦——
那人迹罕至的——一条——
布满急弯——和荆棘——
止于——天堂——

这就是——她经过的——城镇——
那里——她——最后一次——休整——
然后——加快步伐——
那些足迹——愈发频密——
然后——不再那么迅捷——
缓慢——缓慢——仿佛双脚逐渐——疲惫——
然后——停滞——再无踪迹！

等一下！看！她的小书——
关于爱的——那一页——折回——
她那顶帽子——
还有这磨破的旧鞋恰合那踪迹——
尽管——她自己——已逝！

另一张床——短小的一张——

女人们铺就——今晚——

在明亮的房间——

尽管——看不见——

我们声嘶力竭的晚安——

爱抚她的头!

J344（1862）/F376（1862）

我以我的双手感受我的生命……

我以我的双手感受我的生命
看它是否在那儿——
我将我的精神对着镜子,
证明它更有可能——

我让我的生命团团转
在每一个栅前停驻
询问业主名姓——
因为怀疑,我需要知其声音——

我审视我的容貌——揉乱我的头发——
我挤出我的酒窝,等待——
若它们——闪回——
确信也许,是我——

我告诉自己,"鼓起勇气,朋友——
那——是从前——
但我们应该学会爱天堂,
如我们的故乡!"

J351(1862)/F357(1862)

也许我要的太大……

也许我要的太大——
我采的——不小于天空——
因为大地,增厚如
浆果,在我故乡——

我的篮子里——只有——苍穹——
这些——容易挂在——我胳膊上,
而更小的捆束——填塞。

J352（1862）/F358（1862）

我去过天堂……

我去过天堂——
那是一座小城——
以红宝石——照明——
羽绒——铺垫——

宁静——胜过缀满露珠的
原野——
秀美——如画——
无人可绘——
居民——如飞蛾——
框入——梅希林花边——
义务——如游丝——
以鸭绒——命名——
几乎——满意——
我——会——
身处如此独一无二的
社会——

J374（1862）/F577（1863）

风景的一角……

风景的一角——
每当醒来——
都在窗帘和墙
大开的隙间——

犹如威尼斯人——恭候——
慰问我睁开的眼——
不过是只苹果——
斜挂,在天空——

烟囱的式样——
小山的前额——
间或——风向标的食指——
但那——偶然不定——

季节——更替——画面——
于那翠绿枝头,
我醒来——不见——碧绿——
却——钻石晶莹——白雪——

从极地匣中——为我取来——

烟囱——山峦——

还有教堂尖顶——

这些——静立不动——

J375（1862）/F578（1863）

我看不到路——天堂已缝合……

我看不到路——天堂已缝合——
我感到那针线密实——
地球翻转她的半球——
我触摸到了宇宙——

又滑回原位——而我独自一人——
球上的一粒微尘——
逸出圆周——
越过钟声的沉落——

J378（1862）/F633（1863）

酷刑不能折磨我……

酷刑不能折磨我——
我的灵魂——自由——
在这凡骨背后
还有更英勇的一位——

你无法用锯锯开——
也不能用刀穿透——
因此——两具身体——
捆住一具——另一具飞走——

雄鹰挣脱他的巢
赢得天空——
不会比你所做
更加轻松——

除非你自己
与自己为敌——
囚笼即意识——
自由亦如是。

J384(1862)/F649(1863)

它来了——这永不延迟的造物……

它来了——这永不延迟的造物——
它穿过街道——现在——它穿过大门——
从所有锁扣中,选择它的门闩——
进来——伴随"你认识我——先生"?

简单地寒暄——确认无疑——
大胆——若它是敌人——简洁——若它是朋友——
以黑纱和冰凌装扮每一座房屋——
并从中——带走一个——给上帝——

J390(1862)/F556(1863)

第一天的黑夜降临……

第一天的黑夜降临——
感谢那样一件事情
如此恐怖——已然承受——
我告诉我的灵魂要歌唱——

她说她的弦已断——
她的弓——化为齑粉——
因此要修复她——让我工作
直到次日清晨——

于是——一天庞大
如昨日成双,
展其惊怖于我脸上——
直至蒙蔽我双眼——

我的大脑——开始大笑——
我咕哝——像个傻瓜——
尽管是数年之前——那日——
我的大脑咯咯笑个——不停。

里面——有点儿古怪——

我曾是之人——

与这一个——感觉并不相同——

难道这——就是疯狂?

J410(1862)/**F423**(1862)

在下界——我从未感到自在……

在下界——我从未感到自在——
在雄伟壮丽的天空
我也不会感到舒适——我知道——
我不喜欢天堂——

因为永远是——礼拜天——
而休息——永不会来——
伊甸园一定寂寞无聊
如晴朗的星期三下午——

如果上帝能够走亲访友——
或者午间打个小盹——
以致看不见我们——但据说
他自己——就是望远镜

常年把我们盯——
我想逃离
他的身边——以及圣灵——和一切——
但还有"审判日"!

J413（1862）/F437（1862）

我还活着——我猜……

我还活着——我猜——
我手上的枝丫
洒满清晨的光华——
还在我指尖——

那抹嫣红——以暖意刺痛——
若我持一片玻璃
于唇对面——使之模糊——
医生证明——还有呼吸——

我还活着——因为
我并不在一个房间——
通常——是——客厅——
所以客人会到来——

俯身——从旁检视——
说:"多么冰冷——它变得"——
说:"是否还有意识——当它
步入永恒"?

我还活着——因为
我尚未拥有一栋房屋——
明确——属于我自己——
不适合其他任何人——

刻着我做女孩时的名字——
好让来访者知道
哪个门是我的——不致认错——
用另一把钥匙尝试——

多么美好——活着!
无限美好——双倍活着
因为我出生人世——
并且——在你心里——

J470（1862）/F605（1863）

厄运是座房子没有门……

厄运是座房子没有门——

自太阳进入——

然后梯子扔掉,

因为逃跑——完成——

梦见他们外面所为

由此改变——

那里松鼠嬉戏——浆果染色——

铁杉——躬向——上帝——

J475（1862）/F710（1863）

我在家中最微不足道……

我在家中最微不足道——
占据的房间最小——
夜晚,我的小油灯和书——
以及一枝天竺葵——

如此坐定我能捕捉到
瑰宝不停坠落——
正是我的篮子——
让我思量——确信
这就是全部——

我从不说话——除非被寻访
也是,简言细语——
我无法忍受活得——喧哗——
吵闹总让我汗颜——

如果不是如此遥远——
每个我认识的人
行将离开——我常想

我可以死得——多么无声无息——

J486（1862）/F473（1862）

我不会画——一幅画……

我不会画——一幅画——
我情愿就是图画一幅
将它出神入化的妙笔
来——细细——体味——
并好奇手指是如何感知
其罕见的——天空的——骚动——
激起如此甜蜜的折磨
这样豪奢的——绝望——

我不会发声,如短号——
我情愿就是短号一只
轻柔起身去天界——
逸出,飘散——
经过以太的村庄——
而我那高升的气球
只是被金属的唇吹起——
我浮筒的突堤——

也不要做一个诗人——

最好——拥有那耳朵——

沉迷于——虚弱的——满足——

通往敬畏的许可,

一种如此恐怖的特权

天赋将会是什么,

若我拥有这艺术去击昏自己

以闪电的——旋律!

J505(1862)/F348(1862)

灵魂有时缠上绷带……

灵魂有时缠上绷带——
吓得不敢动弹——
感到某种可怕的惊怖浮现
停下来把她盯视——

向她致意,以修长的手指——
抚摸她冰冷的长发——
吮吸,小鬼,自那唇
恋人——曾盘旋——其上——
不相宜,如此卑劣的想法
搭讪——如此——美好的主题——

灵魂有时逃逸——
冲出所有的门——
欢舞如炸弹,在外面,
旋转在时光上,

宛如蜜蜂——发狂忍受——
长久被困远离他的玫瑰——

一旦触摸自由——忘乎所以,
只知道正午和天堂——

灵魂有时被重新俘获——
那时,重刑犯被押着前行,
长羽翼的双脚戴着镣铐,
在歌声里,打上铁钉,

惊怖再次,将她欢迎,
这些,不是口舌的叫声——

J512（1862）/F360（1862）

我的——凭着白色的选择权……

我的——凭着白色的选择权!
我的——凭着皇室的玉玺!
我的——凭着猩红牢房的印记——
铁栏——也难隐藏!

我的——在此——在视野中——在否决中!
我的——凭着坟墓的废除——
授衔——确认——
迷狂的特许!
我的——任岁月窃取!

J528（1862）/F411（1862）

我祈祷的时刻来临……

我祈祷的时刻来临——
没有其他招数——奏效——
我的策略失去了根基——
造物主——是你吗?

上帝高高在上——那些祈祷者
必须登上——天界——
于是我踏上北方
拜访这位古怪的朋友——

不见其屋宇——也无任何标记——
没有烟囱——或房门——
使我推断他的住处——
空中辽阔的草原

未被一个住者破坏——
此乃我全部所见——
无限——难道你没有脸面
我可以瞻望?

静寂屈尊俯就——

创造——为我驻留——

但敬畏超出了我的使命——

我膜拜——却不"祈祷"——

J564（1862）/F525（1863）

身体长在外面……

身体长在外面——
更为便捷的方式——
如果精神——喜欢隐藏
它的圣殿总是耸立,

门半开——安全——邀约——
它从未背叛
要求它庇护的灵魂
以庄严的诚挚

J578(1862)/F438(1862)

我已忍饥挨饿,许多年……

我已忍饥挨饿,许多年——
我的正午来临——进餐——
我颤抖着把桌子拉近——
触摸珍奇的葡萄酒——

这就是桌上我之所见——
当饥肠辘辘,转回家
我往窗子里看,为那些财富
我不能希冀——拥有——

我不认识这鼓胀的大面包——
它完全不同于碎屑
鸟儿和我,经常共享
在大自然的——餐厅——

这富足伤害了我——它如此新奇——
我自己感觉古怪——和难受——
就如山林中的——浆果——
移植——到了大路——

我不再饥饿——因此我发现

饥饿——乃

人在窗外——

进入——消除——

J579（1862）/F439（1862）

有一种痛苦——如此彻底……

有一种痛苦——如此彻底——
它吞没了存在——
然后以恍惚掩饰深渊——
如此记忆可以步入
其中——穿行——其上——
如同眩晕之人——
安全前行——一旦眼睛睁开——
就会——瘫软无力——

J599（1862）/F515（1863）

我已——离家——多年……

我已——离家——多年——
此刻——站在门前——
我不敢打开——唯恐
陌生的面孔出现

茫然盯着我的脸——
问我为何而来——
我只是——曾遗留一段生活——
不知如今——是否还在？

我摸索我的神经——
扫视所有的窗子——
沉默——如大海翻腾——
喧嚣在我耳旁——

我不禁木然大笑——
我——竟然畏惧一个门洞——
以前——也曾——历尽艰险——
面对死亡——但从未动摇——

我插回门闩——我的手——
颤抖着而又小心翼翼——
以防这可怕的门会突然裂开——
留我——在庭前——

我移开我的手指,谨慎如待玻璃——
捂住耳朵——如一个贼
偷窃后——喘息着——逃离。

J609（1862）/F440（1862）

他们把我关在散文里……

他们把我关在散文里——
就像我还是小女孩时
他们把我关进壁橱——
因为他们喜欢我"安静"——

安静!若他们曾窥视——
看见我的大脑——飞转——
他们也许聪明如寄养鸟儿
在鸟笼——为防背叛——

他自己只需乐意
轻松如星星
鄙视其囚禁——
大笑——不再有我——

J613(1862)/F445(1862)

头脑——比天空更广阔……

头脑——比天空更广阔——
因为——将它们肩并肩——
一个将把另一个容纳
很轻松——还有你——也包含——

头脑比海洋更加深邃——
因为——将它们——蓝对蓝——
一个将把另一个吸纳——
就如海绵——水桶——一般——

头脑恰有上帝的重量——
因为——称量它们——磅对磅——
如果的确——有所不同——
就像音节有别于声响——

J632（1862）/F598（1863）

他的火捅进我小小的炉床……

他的火捅进我小小的炉床——
我的房室整个通红
伴随突来的光,摇曳——
那是日出——那是天空——

没有从短暂的夏日挑选——
伴以衰败的特许——
那是正午——没有黑夜的消息——
那更进一步——那是白昼——

J638（1862）/F703（1863）

尺寸所限——没有空间……

尺寸所限——没有空间

陈设些小家具——

巨人不会容忍小虫

高大所致——

愈发,摒弃——

因为内在的容量

无视其可能性

诽谤——或苍蝇。

J641(1862)/F707(1863)

我从我自己——驱逐……

我从我自己——驱逐——
若有这技艺——
无敌我的堡垒
对所有心灵——

既然自己——攻击我——
如何获得宁静
除非克制
意识?

既然我们彼此为王
这怎可能
除非退位——
我中——之我——?

J642〔1862〕/F709〔1863〕

牢狱开始成为朋友……

牢狱开始成为朋友——
在它呆板的面孔
和我们之间——一种亲情表达——
并闪现于它狭窄的眼中——

我们变得心怀感恩
注目指定的光束
它分发给我们——定期如食物——
并且产生同样的——渴望——

我们学会懂得木板——
回应我们的双脚——
如此苦痛的一种声音——起先——
即便到现在——也不那么甜蜜——

犹如飞溅于池塘——
当记忆是个男孩——
而一种故作老成的逡巡——
几何学的喜悦——

那钥匙的姿态

侵扰白昼

对我们的努力——似是虚幻

自由的支票——

如这钢铁幽灵——

它的嘴脸——日日夜夜——

呈现面前——就像我们自身——

无法——挣脱——

那狭窄的四周——那定额——

希望的缓慢兑换——

为某种被动的——满足

太过陡峭,难以仰望——

我们所知道的自由

躲避——如幻梦——

对任何黑夜都太辽阔,除了天堂——

若那——真的——赎回——

J652〔1862〕/F456〔1862〕

它的——名字——"秋天"……

它的——名字——"秋天"——
它的——颜色——血红——
一条动脉——在山坡——
一条静脉——沿大道——

庞大的血滴——在巷道——
哦,颜料的阵雨——
当风——掀翻水盆——
泼下猩红雨柱——

它洒在帽子上——低洼处——
它聚成红色的水池——
然后——如玫瑰般——涡旋——
踩着朱红的车轮而去——

J656(1862)/F465(1862)

我居于可能性之中……

我居于可能性之中——
一座比散文更美的华屋——
更多数不清的窗子——
门庭——更加辉煌——

房间如雪松之林——
眼睛无法看穿——
苍穹复斜
为那永恒屋顶——

来客——最是优秀——
为居住——于此——
努力张开瘦小的手
去把天国聚拢——

J657（1862）/F466（1862）

若我可以自在飞翔……

若我可以自在飞翔
一如草原上的蜜蜂
只拜访我喜欢的地方
不被任何人探访

整日与毛茛调情
也许就此与之成婚
随意四处住住
或者最好,逃离

没有警察跟踪
如果他跟就把他追
直到他跳上半岛
为把我摆脱——

我说"只当一只蜜蜂"
在空气的筏上漂流
整日划行在乌有之乡
停泊于"滩外"

多么自由!锁在地牢中的

囚徒也如此想。

J661(1862)/F1056(1865)

再一次——他的声音在门口响起……

再一次——他的声音在门口响起——
我感觉到了那往日的**气度**——
我听见他向仆人打听
为这样一个人——像我——

我持一朵**花**——走上前时——
为我的面孔**辩护**——
今生——他从未**见**过我——
我可能会使他**瞠目**!

我穿过门厅脚步**凌乱**——
我——**默默**——跨过门槛——
我注视着这个世界的**一切**——
只有他的脸——再无所见!

我们**随心**交谈——**又忐忑不安**——
有一种**铅锤般的**张力——
各自——听起来——羞怯——
只是——感觉——**对方**——

多么——深邃——

我们**漫步**——我把我的狗——留在家中——
一轮**温柔**——**关切**的明月——
陪着我们——仅短短的一程——
然后——我们**独处**——

独处——若天使们乃"**独处**"——
在它们**初试天空**之际!
独处——若这些"蒙纱的面孔"——如此——
在高处——
喃喃自语!
为**再一次**——重温那一刻——我愿流尽——
我**血管中的**——**紫红**——
但他必须**亲自**——**把这血滴细数**——
为我每一片嫣红的代价!

J663（1862）/F274（1862）

没有售卖的传奇……

没有售卖的传奇

能够如此令人着迷——

像细读

他自己的一般——

正是虚构——削弱到貌似有理

我们的——小说。当它小到足堪

信赖——它并不真实!

J669（1863）/F590（1863）

人无须一间房屋——让鬼魂出没……

人无须一间房屋——让鬼魂出没——
人也无须一座宅院——
头脑——自有过路长廊
胜过亭台轩榭——

更为安全,在午夜——撞上
外在鬼魂——
相比内部——对抗——
那更冷静的——主人——

更为安全,飞奔过——一座修道院——
乱石追赶——
相比无月夜——在冷僻处——
遭逢——自我——

我们——在自己身后——隐藏——
最受——惊吓——
刺客——藏于我们室内——
恐怖最轻——

审慎者——携带一把左轮手枪——

他把门拴上——

却忽略了一个高级幽灵——

更近——

J670（1862）/F407（1862）

有一位贵宾的灵魂……

有一位贵宾的灵魂,
很少外出逍遥——
更神圣的一群——在家中——
消除那需要——

并且礼节禁止
主人离去——当
他本人——正被
人间最尊贵者——拜访——

J674（1862）/F592（1863）

 辑三 从空白到空白

你见过气球群落……

你见过气球群落——是吗?
如此优雅的飞升——
就如一群天鹅——抛下你,
为了钻石的职责——

它们流动的脚轻柔迈出
金色的海洋——
踢开空气,仿佛它太卑微
对这如此闻名的造物——

它们的彩带已不见踪影——
挣扎——片刻——为呼吸——
然而人群在底下,欢呼——
不会要求加演——死亡——

这镀金的造物紧张——旋转——
慌乱地绊倒在一棵树上——
撕裂自己皇家的血脉——
跌落海中——

人群——带着咒骂消退——

街道上的尘土——回落——

店员在账房里

议论——"不过是只气球"——

J700（1863）/F730（1863）

南风——哀婉凄切……

南风——哀婉凄切

如泣如诉——

仿佛移民登岸之际

检测住址——

港湾依稀——人群缥缈——

不甚了然——

更美——因其遥远——

因其陌生——

J719（1863）/F883（1864）

它颠簸着——颠簸着……

它颠簸着——颠簸着——
一艘小小的双桅船,我知道——被风浪突袭——
它旋转着——旋转着——
疯狂地挣扎,为黎明——

它踉跄着——踉跄着——
像个醉汉——蹒跚——
它洁白的脚被羁绊——
然后踪影全无——

啊,双桅船——晚安
对你和你的船员——
大洋的心太平静——太蔚蓝——
难以为你忧伤——

J723（1863）/F746（1863）

哪里有你——哪里——就是家……

哪里有你——哪里——就是家——
克什米尔——还是骷髅地——都毫无二致——
尊贵——或是屈辱——
我很少考虑地方的名字——
所以我会来——

你所做的——就是喜悦——
奴役如游戏一般——甜蜜——
囚禁——满足——
判决——圣事——
只要我们——相遇——

哪里没有你——就悲痛——
尽管香料成堆——成排——
你不做的——绝望——
尽管加百列——把我赞扬——先生——

J725（1863）/F749（1863）

她应他的要求而起……

她应他的要求而起——放下
她生命中的玩具
去承担女人和妻子
光荣的工作——

若在她新的一天她本该错过,
广阔,或敬畏——
或最初的企盼——或黄金
在使用中消耗,

它存在不被提及——如大海
孕育珍珠和水草,
唯有他自己——清楚
它们居住的深度——

J732(1863)/F857(1864)

精神是意识之耳……

精神是意识之耳——
我们的确听见
当我们内察——其真切可闻——
在此——这被容许——

而对其他服务——如声响——
有次要的耳朵悬挂
在城堡之外——它包含——
另一个——只是——听——

J733（1863）/F718（1863）

一天——你说我"伟大"……

一天——你说我"伟大"——
那就"伟大"——如果能让你高兴——
或渺小——或任何尺码——
不——我是那适合你的尺码

高大——如雄鹿——可以吗?
或者低矮——如鹪鹩——
或者我曾见过的其他物类
其他高度?

请明说——猜太乏味——
我会成为犀牛
或老鼠
即刻——为你——

比如说——如果女王——
或者花童——能够令你欢悦——
我就是她——或者一无所是——
或者其他——如果还有其他——

只需符合这一条——
我适合你——

J738（1863）/F736（1863）

多少次我以为宁静降临……

多少次我以为宁静降临

其实还十分邈远——

如遇难的船员——相信看见了陆地——

在大洋的中心——

挣扎逐渐松懈——只证明

和我一般绝望——

还有多少虚幻的海岸——

或者什么港湾——

J739（1863）/F737（1863）

戏剧最具生命力的表现……

戏剧最具生命力的表现
是在日常生活
有关我们的升起和沉落——
别样的悲剧

在吟诵中毁灭——
这——最优秀的表演
当观众散尽
包厢关闭——

"哈姆雷特"还是哈姆雷特——
如果莎士比亚没有写——
即便"罗密欧"没有留下任何记录
关于他的朱丽叶,

永无休止的表演
在人类的心中——
唯有录制它的剧院
所有者无法关闭——

J741(1863)/F776(1863)

四棵树——在一片荒野……

四棵树——在一片荒野——
未经设计
或安排,或明显的行为——
存留——

太阳——在清晨与之相遇——
风——
再无更近的——邻居——
除了上帝——

大地给它们——住所——
它们——给他——过客的青睐——
树荫,或松鼠,偶尔——
还有男孩——

它们对大自然欲有何为——
有何计划
它们分头——阻延——或推进——
无从得知——

J742(1863)/F778(1863)

切莫转向社交……

切莫转向社交

他会徒劳寻求——

谁是他的知己

从芸芸众生——培育

智者也会疲倦——

但活在内心者

从不知厌烦——

胜过消受

边境民谣——

或者比斯开湾颂诗——

也无须引介

把你——向他——

J746（1863）/F783（1863）

我的价值乃我全部的怀疑……

我的价值乃我全部的怀疑——
他的功绩——我所有的恐惧——
与之相比,我的才能
的确——显得低劣——

唯恐我无力满足
他钟爱的需求——
这最首要的忧惧
在我拥挤的头脑——

的确——神天生就有
屈尊的倾向——
因为没有什么比它更高
可以让它依傍——

所以我——他特选内容的
并不神圣的寓所——
驯服我的灵魂——仿佛是座教堂,
与她的圣礼相合——

J751(1863)/F791(1863)

我的生命——一把上了膛的枪……

我的生命——一把上了膛的枪——
伫立在角落——直到有一天
主人经过——确认——
带我离开——

如今我们漫步于皇林——
如今我们把母兽猎杀——
每当我代他发号施令
群山便立即响应回答——

只要我粲然一笑,炽热光辉
顿时把幽谷照亮——
仿佛维苏威火山的容颜
突然迸发出欢乐——

当夜幕降临——我们欢乐的一天结束——
我守护着主人的床头——
这比分享深深下陷的鸭绒
睡枕——更为享受——

对于他的仇敌——我就是死对头——

不会有任何犹疑——

我用一只黄眼把他瞄上——

扣动那个有力的拇指——

虽然我比他——可能活得更长

但他定会比我——更为长寿——

因为我只有杀伤的本领,

却没有——去死的力量——

J754（1863）/F764（1863）

从空白到空白……

从空白到空白——
一条没有线团的路
我拖着机械的脚步——
停止——或毁灭——或前进——
同样的冷漠——

如果我抵达的终点
它终结在
不定的揭示之外——
我闭上眼睛——四下摸索
更是轻松——成为盲者——

J761（1863）/F484（1862）

它的整体从未立刻呈现……

它的整体从未立刻呈现——
它是一个慢性杀手——
猛然刺入——然后再给生命一个机会——
令人麻木的福佑——

猫儿暂时放过了老鼠
她松开了牙齿
只是希望能够戏弄更久——
然后让他疲软而死——

死——是生命的奖赏——
如果顷刻毙命心满意足——
好过半死不活——挣扎
直到意识的崩溃——

J762(1863)/F485(1862)

我的信念大于群山……

我的信念大于群山——
所以当群山崩塌——
我的信念定会乘紫轮
为太阳引道——

起先他踏上风向标——
然后——登上山巅——
然后巡游世界
去执行他金色的意愿——

如果他黄色的脚落空——
鸟儿不再飞翔——
花儿在茎秆上沉睡——
钟声中不再有天堂——

因此,我怎敢,吝惜这信念
如此关系重大——
以防天空因我坍塌——
箍上的铆钉

J766（1863）/F489（1862）

自我如柱……

自我如柱——

足够信靠

骚乱——或绝境里——

安稳如山

杠杆无法撬动——

楔子无法分开

确信——那花岗岩底座——

尽管无人在侧——

足够我们——自成一群——

我们自己——与正直——

和那会众——从未远离

最远的精神——上帝——

J789（1863）/F740（1863）

忧伤是只老鼠……

忧伤是只老鼠——
选择胸中的壁板
为他躲避的房屋——
阻碍追索——

忧伤是个窃贼——易受惊扰——
竖起他的耳朵——聆听
那广漠的黑暗——
传回——他存在的异响——

忧伤是个骗子——表演最为大胆——
唯恐他退缩——那边的眼睛
袭上他的瘀伤——一次——说——还是三次——
忧伤是个饕餮者——宽恕他的奢靡——

至痛无言——在他开腔之前——
在公共广场将其焚烧——
他的骨灰——会
也许——若它们拒绝——那又如何得知——

既然如今——拷问台上不能诱出一个字眼

J793（1863）/F753（1863）

识见大者,与小者相较……

识见大者,与小者相较
不完全,且羞怯——
因为伟大,不自在
与宵小相伴——

卑小,不会被烦扰——
夏日的蚊虫炫耀——
不知他独一的航行
并未囊括天空——

J796（1863）/F848（1864）

远离家园,他们和我……

远离家园,他们和我——
成为移民
置身家的都市
容易,也许——

异乡的习俗
我们——难以适应
犹如孩童,表面留下
脚却愈发,远退。

J821（1864）/F807（1864）

风开始把草儿摇晃……

风开始把草儿摇晃
以低沉威胁的语调——
他恐吓大地——
恐吓天空——

叶子赶紧脱开树木——
开始四处逃窜
尘土如手将自己舀起
抛弃了道路。

马车在街上快马加鞭
雷声缓缓催促——
闪电露出金黄的喙
又伸出乌青的爪——

鸟儿们慌忙关上巢门——
牛群狂奔进窝棚——
落下一滴巨大的雨点
然后就如拦坝的大手

一下子松开

让洪水掀翻了天空——

却放过了我父亲的房屋——

仅仅劈断了一棵树——

J824(?)/F796(1873)

藏起来真好,任他们找……

藏起来真好,任他们找!
最好,被发现,
若有人喜欢,那就是,
狐狸配猎犬——

知而不言,真好,
最好,知无不言,
若能找到那罕有的耳朵
不是太迟钝——

J842(1864)/F945(1865)

这道鸿沟,亲爱的,在我的生命之上……

这道鸿沟,亲爱的,在我的生命之上
我把它向你提及,
当日出通过一个裂隙坠落
白昼也必定随之而去。

若我们抗辩,它缝隙的两边
张开如坟墓
我们自己直挺挺地躺在
厄运喜爱的地方——

当它刚吸纳了一个生命
于是,亲爱的,它会合上
因此每日愈发大胆
变得如此狂暴

我几乎想把它缝上
用我残存的一丝呼吸
我不会在屈服中迷失,尽管
对他,那将是死亡——

因此我容忍它长大

在我的葬仪——之前

一个生命已经准备好离去

不再将我袭扰——

J858（1864）/F1061（1865）

逃向后却察觉……

逃向后却察觉
原处一片汪洋——
逃向前,却碰上
他闪亮的拥抱——

向上撤,巨浪滔天
盲目地下沉
我们淘空的脚迎接
神的指引。

J867(1864)/F969(1865)

我从一块板走向另一块板……

我从一块板走向另一块板
缓慢而小心翼翼
我感到星星在我头顶
大海在我脚下——

我只知道下一步
会是我最后一英寸——
这给了我痉挛的步态——
有人称之为经验——

J875（1864）/F926（1865）

在我的国度——和他国之间……

在我的国度——和他国之间——
大洋横亘——
但花儿——斡旋其间——
犹如使者。

J905（1864）/F829（1864）

已是日出——小妞——难道你……

已是日出——小妞——难道你
在白昼没有位置?
那不是你的风格,如此拖沓——
恢复你的勤勉——

已是正午——我的小妞——
唉——你还在酣睡?
百合——还等着嫁给——
蜜蜂——你已遗忘?

我的小妞——已是夜晚——唉
黑夜该属于你
而非清晨——若不是你提出
去死的小计划——
劝阻你,即便不能,亲爱的,
我也可以帮到——你——

J908(1864)/F832(1864)

我使他的月亮盈缺……

我使他的月亮盈缺——
他的性情是圆
还是弦——如我所示——
他的潮汐——由我掌控——

他在天空占据高位
还是摸索,依我命令
于低矮的乌云背后——抑或环绕
一团迷雾的迟钝柱廊——

但既然我们持有共同的圆盘——
面对相同的时日——
谁是暴君,无人知晓——
也不知谁的——暴行——

J909(1864)/F837(1864)

心有窄窄的岸……

心有窄窄的岸
感觉似大海
低音浑厚——持续
幽蓝一片

直到飓风横贯
并且自身觉察
其疆域不足
心骤然懂得

平静只是一堵薄纱墙
从未试过推搡
轻轻一触即坍塌
稍加质疑——消解。

J928（1864）/F960（1865）

正午——白昼的合页……

正午——白昼的合页——
夜晚——折叠的门扉——
清晨——东方强推门槛
直到整个世界半开——

J931（1864）/F1060（1865）

我感到在我脑海中有一条缝……

我感到在我脑海中有一条缝——
仿佛我的大脑已经劈开——
我试图去弥合——一针又一针——
但却不能让它们严丝合缝——

后面的思想,我千方百计
接上前面的思想——
但顺序实在杂乱难循——
就像众多小球——掉落地板——

J937（1864）/F867（1864）

那珍爱的身躯岁月已经磨损……

那珍爱的身躯岁月已经磨损
然而珍贵如房屋
从中我们首次经验光明
那见证,对我们——

珍贵!无法想象的美好
如同被坟墓玷污的手
该温柔地握于我们手心
拒绝他们已死。

J940（1864）/F924（1865）

灵柩————一方小小的领地……

灵柩————一方小小的领地,
然而能够容纳
天国的一位公民
在其递减的平面——

坟墓————一个有限的宽幅——
然而广阔胜过太阳——
以及他所栖居的所有海洋——
和他所俯瞰的全部陆地

向那正在小憩的他
赐来独一的朋友——
圆周没有宽慰——
评价————或终结——

J943(1864)/F890(1864)

街上一扇门豁然敞开……

街上一扇门豁然敞开——
我——迷惘地——路过——
霎时宽广的温暖袭来——
以及富足——和陪伴——

那门顷刻关上——而我——
我——迷惘地——路过——
加倍地迷惘——且相形之下——愈发——
感觉——凄惨——

J953（1864）/F914（1865）

我曾感到某种失落……

我曾感到某种失落——
自从我懂得回忆
遗失了什么——我不知道
太幼小而难有怀疑

哀者行走在孩童间
我唯有四处游荡
如缅怀一个王国
自身唯一的王子放逐

如今,渐长,懂事些,
也,更淡定,宛似智慧
发现自己仍在悄悄寻觅
我失却的宫殿——

一个疑虑,如手指
不时敲击我的额头
当我朝向相反的方向
寻找天国的地点——

J959（1864）/F1072（1865）

灵魂与不朽……

灵魂与不朽
独特的联系
由危险或突然变故
最充分揭示——

犹如闪电照亮风景
呈现片片原野——
始料不及——若非闪光——
咔嚓——突如其来。

J974（1864）/F901（1865）

高山静坐平原……

高山静坐平原
他的巨椅里——
目光扫视一切,
问询,每一处——

四季绕膝玩耍
仿佛稚子缠绕慈父——
他是岁月的先辈
黎明的始祖——

J975（1864）/F970（1865）

绝境的妙处在于……

绝境的妙处在于——
它不会重演——
当命运尽情奚落
抛出她最后一块石头——

重伤者暂歇，喘息，
安然扫视四周——
此鹿魅力不再
逊于抵抗——猎犬——

J979（1864）/F844（1864）

如雪橇在夏日响铃……

如雪橇在夏日响铃
或蜜蜂在圣诞出场——
如此缥缈——如此虚幻——
那一个个人真的
从视野中消散——
我们所知的聚会——
顷刻比廷巴克图的晨曦
更加邈远——

J981（1864）/F801（1864）

最好的居于视野之外……

最好的居于视野之外

珍珠——正义——我们的神思——

大多避开公共空气

合法,而稀少——

风的蒴果

心的蒴果

陈列在此,犹如毛刺所为——

胚芽的胚芽在何处?

J998(1865)/F1012(1865)

背着我的小行囊攀爬生之山……

背着我的小行囊攀爬生之山
若我证实它陡峭——
若怯懦攫住了我——
若我新近的脚步

感觉比激发它的希冀更为老迈——
无可指摘
提议之心若许可之心
无家可归,寻访家园——

J1010(1865)/F1018(1865)

哪个最好？天堂……

哪个最好？天堂——
或只是天堂即将来临
伴随那怀疑的旧条款？
我不禁认为

"手中的小鸟"
胜于那只
"林中的"也许吸引我
也许不会——
太迟无法再选。

J1012（1865）/F1021（1865）

 辑四　天堂是种选择

如此远大我的志愿……

如此远大我的志愿
我会有的那个小的
尴尬
如温和的责骂——

羞辱他
为他视全部为草芥
羞辱我
明白他所有的奖赏

尘世充其量
不过是个玩具——
购买，带回家
给永恒

看起来如此小
我们多半会惊奇
购买时的
狂妄。

J1024（1865）/F1035（1865）

唯恐这里真成了天堂……

唯恐这里真成了天堂
一道屏障播散
总是测量着距离
在我们和天堂之间。

J1043（1865）/F1000（1865）

我从未见过荒野……

我从未见过荒野——
我从未见过海洋——
却知道石楠的模样
波浪的形态——

我从未与上帝交谈
也未曾造访过天堂——
然而确信我已身临此境
宛如票券已授——

J1052（1865）/F800（1864）

那是一条寂静的小路……

那是一条寂静的小路——
他问我是否属于他——
我没有用言语作答,
但是眼睛却说了话——

然后他载我飞越
这尘世的喧嚣
迅捷宛如车辇——
距离——如同车轮——

世界落在后面
仿佛郡县——脱离
他那轻盈如气球的脚——
行走在空中的街道——

后面的海湾——不在——
陆地——一片新奇——
永恒——就在——前方
永恒抵达——

对我们——不再有四季——

既没有黑夜——也没有正午——

因为朝阳——驻留于此地——

曙光中——牢系——

J1053（1862）/F573（1863）

空气没有住所,没有邻居……

空气没有住所,没有邻居,

没有耳朵,没有门扉,

没有对他人的忧惧

哦,幸福的空气!

空灵的客人甚至抵至流浪汉的枕边——

实在的主人,生命微弱,于哀泣的客栈,

比光更晚近你的意识搭讪我

直到它离去,把我劝慰——

J1060(1865)/F989(1865)

天堂是种选择……

天堂是种选择——
只要你愿意
即可拥有伊甸园
尽管亚当,放逐——

J1069(1866)/F1125(1866)

实验对于我……

实验对于我
就是相遇的每位
是否都包含核仁——
坚果的模样

呈现枝头
同样可信——
但内在的果肉是必需
对于松鼠和我——

J1073（1865）/F1081（1865）

这些是去往自然客栈的路标……

这些是去往自然客栈的路标——
她广泛邀约
让所有挨饿的人们
来品尝她神秘的面包——

这是自然之家的礼仪——
殷勤好客
敞开胸怀同样对待
乞丐和蜜蜂

为了保证她牢固的地位
她永不衰退的兴致
东方的紫色已经布好
还有北方,那颗星——

J1077(1866)/F1106(1865)

房屋内的忙碌喧嚣……

房屋内的忙碌喧嚣
在人死之后的清晨
是最庄重的事业
于人世间——

彻底的清扫心灵
把爱束之高阁
我们不想再次使用
直至永恒——

J1078（1866）/F1108（1865）

退却时我们方才得知……

退却时我们方才得知

多么巨大的一个

曾与我们共处——

消逝的太阳

在临别时亲切

全然倍增

赛过整个金灿的时光

它之——从前——

J1083（1866）/F1045（1865）

三点半,有只小鸟……

三点半,有只小鸟
向着静默的天空
发出第一个音节
试探乐音——

四点半,实验
已战胜测试
瞧,她银铃的曲调
漫天洒下——

七点半,周遭
乐器,不见——
场所还是原地
圆周在其间——

J1084(1866)/F1099(1865)

我害怕拥有肉身……

我害怕拥有肉身——
我害怕拥有灵魂——
深刻——危险的财富——
拥有,别无选择——

双重财产,欢乐遗赠
无可置疑的继承人——
公爵在不朽的瞬间
和上帝,为边境。

J1090（1866）/F1050（1865）

水井对小溪……

水井对小溪
是愚蠢的依赖——
请让小溪——重新成为小溪——
而水井——汲取无尽的大地!

J1091(1866)/F1051(1865)

这些陌生人,在异乡……

这些陌生人,在异乡,
寻求我的庇护——
善待他们,以防你自己在天堂
沦为难民——

J1096(1866)/F805(1864)

风的臂膀轻捷……

风的臂膀轻捷
好想匍匐其间
我有使命紧迫
去往毗连地段——

我不介意停下,
过程并不很长
风可门外等候
或者城里逛逛。

查明那座房屋
要是灵魂在家
奉上我的灯芯
点亮,然后回返——

J1103(1866)/F802(1864)

一颗钻石在手……

一颗钻石在手

习惯也就平常

意义逐渐减弱

宝石最好未知——

在卖主的神龛

多少目光与叹息

不可企及,抓狂

唯恐他人买走——

J1108（1867）/F1131（1867）

我适应它们——我寻找黑暗……

我适应它们——我寻找黑暗
直到我完全适应。
这是清醒的劳作
带着十足的甜蜜

我的节制为它们提供
更纯的食粮,若我成功,
即便不能,我也曾
朝着目标欣喜若狂——

J1109(1867)/F1129(1866)

天堂是那座老宅……

天堂是那座老宅

许多人曾经拥有——

各自占据片刻

随即门扉扭转——

极乐吝惜她的租期

亚当教会她节俭

一度因他放纵破产——

J1119（1868）/F1144（1868）

一个巨大的希望落空……

一个巨大的希望落空
你听不到任何声响
毁坏是在内部
哦,狡猾的残骸
没有诉说任何故事
也不让任何证人进入

心灵是为强大的货运建造
为可怕的时刻谋划
海上的沉没多么频繁
表面上,在陆地

没有承认这伤口
直到它裂得如此宽广
我的整个生命都可进入
旁边还有不少低谷——

张向太阳的纯真眼睑闭合
直到温柔的木匠

把它永久地钉上——

J1123（1868）/F1187–1188（1870）

要说出全部真理但要歪着说……

要说出全部真理但要歪着说——
成功之道在于迂回
对于我们虚弱的喜悦太过明亮
真理的超凡惊喜

就如闪电对于孩童
必须循循善诱地疏解
真理必须缓缓发光
否则每个人都会目盲——

J1129（1868）／F1263（1872）

死亡的寒霜凝结在窗格……

死亡的寒霜凝结在窗格——
"保护好你的花"。他说。
仿佛水手与裂隙搏斗
我们和必死的命运抗争——

我们将无助的花儿藏于大海——
高山——太阳——
然而即便他猩红的大氅
也开始爬上了寒霜

我们回首把他窥探
我们将自己楔于
他和她之间——
然而轻松如细蛇
他蜿蜒游弋向前

直到她无助的美丽全部凋残
然后我们的愤怒升腾——
我们搜寻他直到他的峡谷

我们追逐他直到他的老巢——

我们憎恶死亡憎恶生命
却无处可去——
比海还阔比陆地更宽广
那就是——痛苦——

J1136（1869）/F1130（1866）

立柱支撑房屋……

立柱支撑房屋——
直到房屋建成——
于是立柱撤去——
胜任——挺拔——
房屋自我撑持——
不再怀念
支架和木匠——
唯有这番回顾
成就完美生命——
往昔的板条——钉子——
妨碍——脚手架撤退——
确认——灵魂造就——

J1142（1863）／F729（1863）

当埃特纳晒着暖阳打着呼噜……

当埃特纳晒着暖阳打着呼噜

那不勒斯更为惊恐

甚过她龇着石榴石牙——

安全是喧嚣——

J1146 (1869) /F1161 (1869)

我们拥有的生命非常伟大……

我们拥有的生命非常伟大。
我们尚待领受的生命
远胜于它,我们懂,因为
它无限。
但当所有空间全看遍
所有领土都展现
人类最渺小的心灵
将其斥为乌有。

J1162(1870)/F1178(1870)

独自身陷一种境遇……

独自身陷一种境遇
不情愿被告知
一只蜘蛛在我的沉默之上
不懈攀爬

比我更自在
顷刻长大
我感觉自己是访客
仓皇退出——

重访我的旧居
带着索赔条款
我发现它悄悄篡夺
为一个健身房
那里职责昏睡头衔剥夺
空中的住民
永远傲慢
好似每个都是特定继承人——
若有人在街上袭击我

我会给予回击——

若有人拿走我的财产

根据法律

法规乃我博学之友

但会有何等赔偿

为一无处寻觅的冒犯

因此不在公义之内——

那时间和心灵的盗窃

日子的精华

皆因蜘蛛,或者禁止它吧上帝

我会详陈——

J1167（1870）/F1174（1870）

唯恐他们来……

唯恐他们来——乃我全部恐惧
当甜蜜囚禁——于此

J1169(1870)/F1204(1871)

乌云背脊齐压……

乌云背脊齐压

北风开始推搡

丛林疾奔直至跌倒

闪电如老鼠狂窜

惊雷如某物崩裂

躺在坟墓多好

自然的暴烈无法抵达

亦无飞弹袭来

J1172（1870）/F1246（1872）

我们从不知道我们有多高……

我们从不知道我们有多高
直到要求我们立起
如果我们忠于计划
我们的身躯触及天空——

我们所吟诵的英雄主义
将会显得平平常常
难道不是我们自己卷曲腕尺
害怕成为国王——

J1176（1870）/F1197（1871）

当我希冀——我恐惧……

当我希冀——我恐惧——
因为——我希望——我敢
独自——四处游荡——
仿佛教堂——遗存——

鬼魂——不得惊吓——
毒蛇——不得蛊惑——
他是伤害之王——
我曾饱受其苦——

J1181（1862）/F594（1863）

记忆有前有后……

记忆有前有后。
就像一座房屋——
也有一个阁楼
盛放垃圾老鼠——

还有幽深地窖
竭尽石匠所能——
留心莫让它的深度
把我们追击——

J1182(1871)/F1234(1871)

大海对小溪说"来啊"……

大海对小溪说"来啊"——
小溪说"等我长大"——
大海说"那时你就成了海——
我想要小溪——现在就来——"

大海对大海说"走开"——
大海说"我就是他
你所珍爱的"——"学识渊博的水——
于我——智慧是陈腐的——"

J1210（1872）/F1275（1872）

就餐者必须带着他心中的盛宴……

就餐者必须带着他心中的盛宴
否则发现宴会低劣——
餐桌不在外头铺陈
若内里无存。

因为式样乃心灵所赐
模仿她
我们最卑贱的劳役
显现价值。

J1223（1872）／F1219（1871）

如长毛绒跑道上的一辆辆赛车……

如长毛绒跑道上的一辆辆赛车
我听见那平稳的蜜蜂——
刺耳的一声穿过花丛前往
他们天鹅绒的行宫

抵挡直到这甜蜜的进攻
把自己的骑士精神消耗——
而他,得胜的,侧身飞离
去征服别的花朵。

J1224(1872)/F1213(1871)

这是自在的时刻……

这是自在的时刻
精神从未展示——
何等恐怖能够迷住街道
表情能否透露

隐秘的货运
灵魂的地窖——
感谢上帝创造的最喧嚣之地
能够容许静寂。

J1225(1872)/F1211(1871)

我的心向你驰去……

我的心向你驰去
它不肯把我等待
恼怒逐渐滋生
我便抽身离去
因为无论我步伐多快
他先抵达你的面前——
多么慷慨的恩惠
平分给两个——

并非心存怨恨
我把这向你言及——
是他并不正直
飞速前去分享
要不是他的贪婪——
夸耀我的奖赏——
沉浸于伯利恒
在我到达之前——

J1237（1878）/F1331（1874）

像一把把铁扫帚……

像一把把铁扫帚
狂风卷着暴雪
横扫冬日的街道——
房屋被钩住了
太阳派遣出
虚弱的光热代理——
小鸟驰骋的地方
沉寂拴上了
他肥大——缓慢的坐骑
依偎在地窖里的苹果
唯有它嬉戏。

J1252（1873）/F1241（1872）

我看不到我的灵魂,却知道它在那儿……

我看不到我的灵魂,却知道它在那儿——
也从未见过他的房间,以及陈设——
他邀请我与他同住;
不仅作为交心的房客,而且能够请教,
什么服饰最能让他增彩,
我穿上也颇为相宜——
因为他从不担保
以防人们特定装扮——
努力给他永恒装束
通过意外盛典。

J1262(1873?)/F1276(1873?)

没有一艘护卫舰能像一本书……

没有一艘护卫舰能像一本书

带我们离开陆地

也没有任何骏马能像一页

跳跃的诗——

这旅程最穷的人亦可

免受资费烦扰——

承载人灵魂的战场

何等简朴——

J1263（1873）/F1286（1873）

当你清理那神圣的壁龛……

当你清理那神圣的壁龛——
名曰"记忆"——
选择虔敬的扫帚——
悄悄打扫——

劳作惊喜频频——
除却发现自身
还和他者对话
一种可能——

那领地的尘土庄严——
不要挑战——随其沉寂——
你不能将其清除,
它却能让你缄默——

J1273（1873）/F1385（1875）

迟钝的欢愉如池塘……

迟钝的欢愉如池塘

让灯芯草生长

不经意间嵌入

使水流缓慢

妨碍航行澄明

在阴影中穿行

即便这也会奋起

当山洪来临——

J1281（1873）/F1258（1872）

名为春天的讯息……

名为春天的讯息
仅距一月之遥——
我的心收起你灰白的活计
带上一把玫瑰椅——

没有任何房屋繁花流连——
百鸟倾心照料——
我们最漫长一天的酬劳
只是一口棺材——

J1310（1874）/F1319（1874）

冬日绝好——他的灰白喜悦……

冬日绝好——他的灰白喜悦

不输意大利风情——

对于迷醉夏天

或尘世的智者——

普通如采石场

热烈——如玫瑰——

狂暴邀约

离开却欢迎。

J1316（1874）/F1374（1875）

旅行时消息会有何感受……

旅行时消息会有何感受
若消息也有心
一旦停车于住处
会像飞镖疾奔入内!

沉思时消息会怎么想
若消息也有思想
念及海量的
它无法察觉的货运!

消息会怎么做当万众
如一人般领会
而整个宇宙
没有一件可说之事仍存?

J1319(1874)/F1379(1875)

这监狱多么温柔……

这监狱多么温柔
阴森的铁栅多么甜蜜
不是暴君而是羽绒王
发明了这憩息地

如果这是命中注定的一切
若他没有附加的领域
地牢不过是一名亲戚
监禁——家。

J1334（1875）/F1352（1875）

 辑五　穿越记忆古老的大地

别让我玷污那完美的梦……

别让我玷污那完美的梦
以曙光的斑点
且调适我每天的黑夜
它会再次降临。

在我们不经意间,力量搭讪——
惊奇的衣衫
乃我们羞怯母亲的全部穿着
在家——在天堂。

J1335（1875）/F1361（1875）

什么样的三叶草公寓……

什么样的三叶草公寓

适合蜜蜂居住

什么样的蔚蓝大厦

留给蝴蝶和我

什么样的居所灵活

升起又隐没

却无有板有眼的传言

或咄咄逼人的猜测。

J1338（1875）/F1358（1875）

蜜蜂驾着他锃亮的马车……

蜜蜂驾着他锃亮的马车
悍然驶向玫瑰——
他自己——他的装备——
一起降落。

玫瑰接受了他的造访
坦诚而又平静,
对他的贪婪
一弯月牙瓣也不保留。

他们的时刻圆满
留给他的——是逃离——
留给她的,是伴随谦卑的
狂喜。

J1339（1873）/F1351（1874）

对于整体——怎么增添……

对于整体——怎么增添？
难道"全部"还有其他领域——
或者至上别有洞天？
哦，香膏的补贴！

J1341（1875）/F1370（1875）

你无法带走它……

你无法带走它

从任何人的灵魂——

那坚不可摧的宅邸

使它能够安居——

要塞坚固如光

人人能够目睹

攫取却难如

未发现的黄金——

J1351（1875）/F1359（1875）

我祈求消息——也害怕——消息……

我祈求消息——也害怕——消息
也许会有这样一个领域——
"不用手搭建的房屋"——
对我——豁然敞开——

J1360（1876）/F1391（1876）

我想那时刻会来……

我想那时刻会来
让它快快到来
鸟儿簇拥树上
蜜蜂嗡嗡乱舞——

我想那时刻会来
让其迁延些许
玉米披上丝巾
苹果身着印花

我坚信那天会来
松鸦咯咯傻笑
在他白色的大地新居
那,也,稍稍驻留——

J1381(1876)/F1389(1876)

"秘密"是个寻常字眼……

"秘密"是个寻常字眼

然而并不存在——

捂住——它传送猜疑——

私语——它即停止——

囚于人们胸中

无疑秘密安卧——

若那栅栏未受侵犯——

来了不再离去

无物有嘴或耳——

秘密钉于那里

只会出现一次——并喑哑——

进入坟墓——

J1385（1879）/F1494（1879）

听起来好像街道在跑……

听起来好像街道在跑
然后——街道静立——
天昏地暗——是我们从窗子唯一所见
而敬畏——是我们唯一的感受。

不久——最胆大的偷偷溜出他的藏身地
看看时间是否还在那里——
大自然穿着蛋白石的围裙——
搅和着愈发清新的空气。

J1397（1877）/F1454（1877）

何等奥秘充斥深井……

何等奥秘充斥深井!
那水住得如此遥远——
来自另一世界的邻居
安身瓮中

他的穷尽无人曾见,
唯有其玻璃盖面——
每次探看都如你在取悦
一张深渊的脸!

小草并不显得惊慌,
我常好奇他
竟能如此靠近这般大胆
探望我所敬畏之物。

或许他们存有某种联系,
莎草立于海边
身无凭附
却无半点怯意——

但自然仍是个生客；
最常谈起她之人
从未经过她的鬼屋，
也无从简述她的鬼魂。

对不了解她之人的怜悯
被那遗憾打消
即那些了解她之人，离她越近
知她越少。

J1400（1877）/F1433（1877）

一地残梗,焦枯……

一地残梗,焦枯
两度烈日炙烤——
劳累刺穿黝黑的人们——
胜利——藏入仓廪——
羞怯的鸟儿前来
乞求施舍——
常见——却无怜悯,
在我们新英格兰农场——

J1407(1877)/F1419(1877)

赧颜是粉红围巾……

赧颜是粉红围巾
将我们灵魂包裹
以防眼睛骚扰——
这质朴的面纱
无助的本性投下
当逼入一个境地
有违她的诚挚——
赧颜是神圣的光泽——

J1412（1877）／F1437（1877）

春日的洪水……

春日的洪水

扩充每一颗灵魂——

它把住所——卷——走——

留下水流漫漫——

灵魂起先疏离——

依稀寻找岸边——

随后逐渐安适——不再渴望

那个半岛——

J1425（1877）/F1423（1877）

切勿太近玫瑰花屋……

切勿太近玫瑰花屋——

清风的劫掠——

露珠的泛滥

惊起围墙塌落——

切勿试图系缚蝴蝶,

切勿攀爬狂喜栅栏——

安于不定之中

乃欢乐的保障——

J1434（1878）/F1479（1878）

他的心灵如东方织物……

他的心灵如东方织物——

美轮美奂令人窒息

惊艳四方却难寻觅

一位谦卑买主——

尽管其价并非黄金万两——

却更为昂贵异常——

那人需要赏识其所值,

这就是全部代价——

J1446（1878）/F1471（1878）

希望营建他的房屋……

希望营建他的房屋

不用一块基石——

也无椽条——在那华厦

唯有尖塔——

寓所里面同样高级

一如这外表

仿佛是将窗台删削

或与律法榫接——

J1481（1879）/F1512（1879）

我们走的时候从不知道我们要走……

我们走的时候从不知道我们要走——
我们开着玩笑关上房门——
命运——紧随其后——把门闩上——
我们不再攀谈——

J1523（1881）/F1546（1881）

从所有的囚笼男孩女孩……

从所有的囚笼男孩女孩

狂喜地跃出——

心爱的唯有下午

牢房关不住——

他们吵翻地闹翻天,

永远兴奋的暴徒——

啊——那皱眉应慢慢等待

面对如此敌手——

J1532(1881)/F1553(1881)

捆缚太紧的生命逃逸……

捆缚太紧的生命逃逸

疾跑不息

小心回看

缰绳的幽灵——

马儿嗅到青草香

看见牧场笑

一声枪响僵住

仿佛中弹——

J1535(1881)/F1555(1881)

无论圣者居住何方……

无论圣者居住何方,
都会让四周美丽
请看何等浩渺的苍穹
陪伴一颗星星。

J1541（1882）/F1576（1882）

谁没有发现天堂——在下界……

谁没有发现天堂——在下界——
在上界也同样无法找到——
因为天使与我们毗邻而居,
无论我们移居何处——

J1544（1883）／F1609（1883）

那时——那些垂死之人……

那时——那些垂死之人,
知道他们的去处——
他们去往上帝的右手边——
如今这手已被截去
上帝也无从寻找——
信仰的退位
使行为渺小——
有一星磷火
也比黑暗无光美好——

J1551（1882）/F1581（1882）

我试图把死亡想成这样……

我试图把死亡想成这样,
他们安放我们的那口井
只不过与那条小溪相像
恐吓而非要将我们杀死,
只是借助那种惊惶
一种甜蜜的热情来邀请
去往同样的花之西方,
引诱只是为了向我们致敬——

我清楚地记得在小时候
和一些更胆大的玩伴浪游
一条小溪看起来像是大海
它咆哮着让我们远离
对岸的一丛紫色花
直到被迫去把它抓住
如果厄运本身也是这结果,
最胆大的一跃而起,抓住了它——

J1558（1882）/F1588（1882）

心扉无数……

心扉无数——

我只能敲击——

为一声甜蜜的"进来"

仔细倾听——

不为拒绝沮丧

宴请我

在某处,那里存在,

至高无上——

J1567（1883）/F1623（1883）

囚禁在天堂……

囚禁在天堂!
何等牢房!
让每一种奴役成为,
你最甜蜜的宇宙,
像是令你心驰神往!

J1594(1884)/F1628(1883)

我们向上帝乞求恩惠……

我们向上帝乞求恩惠

让我们可以得到宽恕——

为什么,想必他应该知道——

罪行,由我们,隐瞒——

囚禁整个生命

在一座魔狱中

我们责难幸福

太过与天堂争竞——

J1601(1884)/F1675(1885)

在别样微尘……

在别样微尘,
有别样神话
是你的要求。
棱镜不从拘束色彩,
只是任其嬉戏——

J1602（1884）/F1664（1884）

离开我们所知的世界……

离开我们所知的世界
去往好奇的地方
就像孩子面临的困境
前方是座山岗,
山后充满魔幻
一切扑朔迷离,
但这神秘能否补偿
爬山时的孤寂?

J1603(1884)/F1662(1884)

触及你是否太迟,亲爱的……

触及你是否太迟,亲爱的?
我们此刻才得知——
爱海洋爱陆地——
也是爱天堂——

J1637（1885）/F1674（1885）

沟渠亲切对于醉汉……

沟渠亲切对于醉汉
这岂不是床——他的支撑——他的豪宅——
他垂下的头颅多么安谧
在她脏乱的圣地——
其上是天空——
遗忘将他笼罩
荣耀却逃之夭夭——

J1645（1885）/**F1679**（1885）

前行是生命的状态……

前行是生命的状态
坟墓只是中转
假定为终点
令其如此讨厌——

隧道没有点亮
存在伴随高墙
也总胜过
根本就不存在——

J1652（?）/F1736（?）

伊甸园是那座老屋……

伊甸园是那座老屋

我们每日居住

从不怀疑这居所

直到我们驰去

回顾那天多么美好

我们信步门外

不知不觉归返

却发现家园不再

J1657（?）/F1734（?）

我没有抵达你身边……

我没有抵达你身边
但我的双脚每天都向你奔去
还要穿越三条河一座山
一片大漠一方海
当我与你诉说
我不会细数一路行程

两片沙漠,但岁月严寒
这会改善沙况
一片大漠已被穿越——
而那第二个
将会像土地一样凉爽
撒哈拉不值一文
为补偿你的右手

海洋最后来到——迈着欢快的脚步
如此短的行程
我们可以一起游玩
但是现在我们必须劳作

最后的负担一定最轻

在我们必须承担的行动中

太阳走着弯路——

那是黑夜

在他转弯之前

我们必定越过了中间的海——

我们几乎希望

终点更加遥远

它显得太过伟大

全体站立得如此之近

我们迈步酷似长毛绒

我们站立宛如白雪

流水发出新的呜咽

三条河流一座大山已然跨越

还有两片沙漠和一方海洋！

如今死亡攫取我的酬金

并得以窥视你的容颜——

J1664（?）/F1708（?）

我的火山青草繁茂……

我的火山青草繁茂
一个沉思的地点——
可供小鸟选择之处
会是寻常想法——

底下火石通红
草皮多么不安
若我透露
会使惊惧充满我的孤寂

J1677（?）/F1743（?）

有一种空间的孤寂……

有一种空间的孤寂

大海的孤寂

死亡的孤寂,但这些

尚算交际

若与那更为深沉的场所相比

即灵魂许给自己的

幽僻极地——

J1695（?）/F1696（?）

他们屋宇的深处……

他们屋宇的深处

没有粗鄙能够潜入

这居所免受打扰

除了上帝——

J1701（?）/F1744（?）

火山在西西里……

火山在西西里
和南美
据我的地理判断
火山更近于此
熔岩随时会喷发
若是我想要攀爬
维苏威的火山口
我可在家凝视

J1705（?）/F1691（?）

一个深渊——唯苍天在上……

一个深渊——唯苍天在上——
苍天在侧,苍天在外;
然而一个深渊——
有苍天于其上。

动一下就会滑落——
看一眼就会掉下——
想一想——支柱坍塌
碰巧给予我支撑。
啊!深渊!有苍天于其上!

其深度盘踞我心——
我不敢问我的脚——
所处之地会使我们受惊
如此笔直你很难怀疑
它是一个深渊——深不可测
那周缘也是如此
究竟是谁对谁的厄运
这会令他们惊讶——

我们——会战栗——
但既然我们得到一个炸弹——
怀抱在胸前——
不——抱着它——是宁静——

J1712（?）/F508（1863）

被时间完美的长毛绒软化……

被时间完美的长毛绒软化,
哀伤显得多么柔亮光滑
它曾经威胁童年的城堡
并把岁月侵蚀。

如今一分为二,由更加荒凉的悲伤,
我们嫉妒绝望
它摧毁了童年的王国,
却如此容易修复。

J1738（?）/F1772（?）

最为重要的人们……

最为重要的人们
并不起眼地栖居。
每一刻都在天堂
而非什么地狱。

他们的名姓,除非你知道,
说出也无益。
在大黄蜂和其他的国度
青草繁茂。

J1746(?)/F1764(?)

波涛追逐着他,当他逃离……

波涛追逐着他,当他逃离,
不敢回看;
巨浪在他耳边默念,
"和我一起回家,我的朋友;
我的客厅有赦免的玻璃酒杯,
我的储藏室有大鱼
能满足一年中的各种口味,"——
对这讨厌的赐福
漂浮其侧的对象
不做任何明确的回答。

J1749(?)/F1766(?)

穿越记忆古老的大地……

穿越记忆古老的大地,

独自游荡

是一种神圣的放纵

审慎的人会回避。

售卖的酒

容易提防

但法规并不干涉

内心的酒吧。

有害如夕阳

允许追求

却无力收集,

这宁静的背叛

将我们坚定的时刻

铸成最纯粹的金黄

却难存留。

J1753(?)/F1770(?)

造一个草原需要一株三叶草和一只蜜蜂……

造一个草原需要一株三叶草和一只蜜蜂，

一株三叶草，和一只蜜蜂，

和梦。

光梦就行。

如果蜜蜂很少。

J1755（?）/F1779（?）

抵达至福之境……

抵达至福之境
一如去往最近的房屋
如果那里有一位朋友等候
幸福或厄运——

那灵魂该有多么刚毅,
才可以承受
脚步走近的声音——
门扉的开启——

J1760（1882）/F1590（1882）

大地有很多曲调……

大地有很多曲调。
没有旋律的地方
是未知的半岛。
美是自然的真相。

但见证她的陆地,
见证她的海洋,
对我而言蟋蟀是她
最动人的挽歌。

J1775（?）/F895（1865）

图书在版编目（CIP）数据

安于不定之中:狄金森诗选/（美）狄金森著;王玮译.
—济南:山东文艺出版社,2018.8
（雅歌译丛/汪剑钊主编）
ISBN 978-7-5329-5640-1

Ⅰ.①安… Ⅱ.①狄… ②王… Ⅲ.①诗集—美国—近代 Ⅳ.①I712.24

中国版本图书馆CIP数据核字(2018)第097183号

安于不定之中
狄金森诗选

〔美〕狄金森 著　　王玮 译

主管单位	山东出版传媒股份有限公司
出版发行	山东文艺出版社
社　　址	山东省济南市英雄山路189号
邮　　编	250002
网　　址	www.sdwypress.com

读者服务	0531-82098776（总编室）
	0531-82098775（市场营销部）
电子邮箱	sdwy@sdpress.com.cn

印　　刷	山东德州新华印务有限责任公司
开　　本	850mm×1168mm　1/32
印　　张	9
字　　数	189千
版　　次	2018年8月第1版
印　　次	2020年5月第2次印刷
书　　号	ISBN 978-7-5329-5640-1
定　　价	48.00元

版权专有，侵权必究。如有图书质量问题，请与出版社联系调换。